小学館文庫

付添い屋・六平太

獏の巻　嘘つき女

金子成人

JN138809

小学館

目次

付添い屋・六平太

獏の巻　嘘つき女

第一話　犬神

一

日が大分上がった頃、秋月六平太《あきづきろっぺいた》は浅草元鳥越《もととりごえ》の市兵衛店《いちべえだな》を出た。

月末は、市兵衛に借金の返済をする期日だった。

市兵衛は、六平太が住まう市兵衛店をはじめ、家作をいくつか貸家にしている家主である。

六平太は十年以上も前、市兵衛から三十両（約三百万円）という大金を借りていた。

月々、一朱（約六千二百五十円）か二朱、実入りがあれば一分（約二万五千円）を返済し続けて、元金をかなり減らしていた。

鳥越明神《とりごえみようじん》から浅草御蔵《おくら》へ通じる表通りを行く六平太の足取りは軽やかだった。

朝から晴れあがった秋空を見る余裕まであった。

「ついこの前、なんとかって戯作者が死んだようですよ」

今朝がた、六平太と同じ市兵衛店の住人、大道芸人の熊八《くまはち》が市中で聞いた噂《うわさ》を井戸端で口にした。

「わたしも聞いたよ。東海道中膝栗毛《とうかいどうちゆうひざくりげ》ってもんを書いた、なんとか」

珍しく早起きした噺家《はなしか》の三治《さんじ》が話に加わると、

「それにしても、公儀のなされようはなんなんだろうね」

普段は口にしない政《まつりごと》に異議を差し挟んだ。

月の初めに女浄瑠璃《おんなじようるり》が再度禁止されて、知り合いの浄瑠璃語りが暮らしに困っていることに三治は怒っていた。

八月に入ってから出された禁止事項はそれだけではなかった。

町人や農民の身分不相応の葬式も禁止となった。

武家が日傘を用いることも禁止されたが、夏の盛りならいざ知らず、秋が深まってからのお触れとは笑わせる。

天保《てんぽう》二年（一八三二）の八月は、今日一日を残すだけである。

徳川家斉《いえなり》が十一代将軍の座について、すでに四十四年が経《た》つ。

当代の将軍がどれほどの年齢か知らないが、相当な老境にあるはずだ。

年を取ると妙に小うるさくなるのは町家の老人も将軍も同じで、理不尽な威厳を示したがるようだ。

『付添い屋稼業を禁止する』などと言い出されては大迷惑この上ない。

六平太は、このひと月、付添いの仕事でかなりの実入りがあった。

吉原では三十日間、俄《にわか》が開催された。

廓内《くるわうち》の街頭で芸者や幇間《ほうかん》が繰り広げる即興の踊りや芝居は、普段妓楼《ぎろう》に用のない人々も見物に詰めかけた。

俄見物に三日、月見に二日、深川八幡《ふかがわはちまん》の祭礼に行く商家の子女の付添いも重なって懐に余裕があった。

六平太は、思い切って三分（約七万五千円）を返済するつもりになっていた。

ふふと、思わず笑みを零《こぼ》した六平太は、鳥越橋を渡って福井町《ふくいちょう》の市兵衛の家に向かった。

「秋月ですが」

六平太が市兵衛の家の三和土《たたき》に足を踏み入れた。

「これはこれは、日を違えることもなく、感心感心」

奥から現れた市兵衛が上がり口に座りこんで、算盤《そろばん》と矢立《やたて》を置き、帳面を開いた。

「で、今月はいくら」

見上げた市兵衛の笑顔を見た途端、六平太の決意がもろくも揺らいだ。

出しかけた三分から一分を引いて、帳面の上に置いた。

「ほう、二分も」

市兵衛が目を丸くした。

「秋月様、八月の払いが二分。ということは」

帳面に書き付け、算盤を弾《はじ》いた市兵衛が、

「残りは六両（約六十万円）と一分二朱（約三万七千五百円）になりましたよ」

市兵衛が、六平太の顔前に算盤を突き出した。

「なんとかこの一年の内に返済したいと思ってますよ」

六平太が、神妙な顔をした。

「いえいえ。そう急ぐこともありますまい。こうして月に一度お目にかかるのが今では楽しみになっていましてね。いえ何もお金が戻るのが楽しみというのではなく、なんと申しましょう、佐和《さわ》さんに頼ることなく、秋月様がこつこつと稼いでいる姿を見るのが嬉《うれ》しいのですよ」

佐和は六平太の妹である。

六平太が主家を追われて浪人となったのが十四年前だった。

亡父、武右衛門《ぶえもん》の後添えとなった多喜《たき》が連れ子の佐和を残して死んだのはその三年後である。

浪々の身となった六平太が荒《すさ》んだ暮らしをしていた時期、佐和が手仕事で暮らしを支えていたことを市兵衛はつぶさに見ていたのだ。

佐和が浅草の火消し、音吉《おときち》と所帯を持ってから一年半以上が経っていた。

「だけど市兵衛さん、貸し借りの付き合いがなくなっても、家主と店子《たなこ》の縁は切れませんから」

「それはそうですが」

市兵衛が珍しくため息をついた。

店賃《たなちん》の徴収、お上からの通達などを大家の孫七《まごしち》に任せている市兵衛にとって、住人との交わりが一つ減るのは寂しいのかもしれないが、六平太にすれば、借金返済は頭の痛い月末の行事だった。

ともかく、残債が着実に減っているのは喜ばしいことだ。

翌朝、六平太は夜も明けないうちに家を出た。

足音を殺して木戸へと向かいながら、何気なく大工の留吉《とめきち》の家を格子越しに覗《のぞ》いて、ふっと足を止めた。

戸を開けると、土間の上がり框《がまち》に腰掛けた女房のお常《つね》が、俯《うつむ》けていた顔をゆっくりと上げた。

「留さんはまだ帰ってないのか」

お常が、小さく頷《うなず》いた。

昨日、夕飯時を過ぎても留吉が仕事から帰って来なかった。

お常は、留吉が仕事を請け負っている棟梁《とうりょう》を訪ねたのだが、普請場《ふしんば》の仕事のあとのことは知らないとのことだった。

大家の孫七、大道芸人の熊八、ほろ酔いの三治までが心配して集まったが、留吉は、四つ（十時頃）を過ぎても戻らなかった。

「近頃は辻斬《つじぎ》りとか物取りで物騒ですからね」

心配して駆けつけたはずの熊八が、かえって気を揉《も》ませることを口にした。

「お常さんの前だが、もしかして、女ってことはないのかね」

三治が遠慮がちに言った。

「お常さんという女房がいるのにですか」

熊八が口を尖《とが》らせた。

「恐《こわ》い女房がいると、余所《よそ》に控えめな女を求めるということも」

言い終わらないうちに、お常の張り手が三治の頬《ほお》に飛んだ。

「わたしは夜通し待つから、みなさんはどうかお引き取りを」

お常が、胸を張って言いきった。

しかし、今朝になっても留吉は帰って来なかった。

「探してやりたいが、今日は生憎《あいにく》付添いでな」

「日が昇ったら、もう一度棟梁の家や心当たりを訪ねてみますよ」

お常が、六平太に小さく頭を下げた。

「あまり心配するな。どこかで酔いつぶれてるってこともある」

慰めの言葉を掛けて、六平太は日の出前の市兵衛店を出た。


冷え冷えとした本郷の往還から菊坂台町《きくざかだいまち》へと曲がる頃、朝日が射《さ》した。

六平太の前を行く娘二人が、眩《まぶ》しそうに手をかざした。

一人は、神田新石町《しんこくちょう》の漆器屋の娘で、もう一人は同じ神田の小間物屋の娘である。

護国寺《ごこくじ》境内で催される茶会に送り届けるのが仕事だった。

帰りは、それぞれの家の奉公人が娘を迎えに来ることになっていた。

伝通院《でんずういん》前を過ぎ、大塚を通って、護国寺に着いた。

日を浴びた山門を入る人もいれば、お参りを済ませて帰る近隣の老人夫婦の姿もあった。

境内は既に多くの参拝者でにぎわっていた。

顔や手足が日に焼けた男の一団は、稲刈りを前に江戸見物にやって来た百姓だろう。

六平太は、境内にある塔頭《たっちゅう》のひとつに娘二人を送り届けた。

茶会は塔頭の裏庭に点在する茶室で執り行われるという。

娘二人を送り届けると、六平太の今日の仕事は済んだ。

付添い料は二人で二朱（約一万二千五百円）の、片道の料金だった。

「さて、どうするか」

腹の中で呟《つぶや》いた六平太が、山門の方へと向かった。

朝餉《あさげ》抜きで元鳥越を出たせいで腹が減っていた。

「秋月さんじゃありませんか」

声の方を振り向くと、毘沙門《びしゃもん》の甚五郎《じんごろう》の若者頭、佐太郎《さたろう》が近づいて来た。

箒《ほうき》や朽ちた添え木を手に佐太郎に従っていた若い衆が二人、六平太に会釈をした。

「朝から忙しそうだな」

「護国寺さんは、夏のまっ盛りより秋の方が人出があるもんですから、わたしらも何かと忙しくしてます」

佐太郎が笑みを浮かべた。

毘沙門の甚五郎は、岡場所《おかばしょ》を含む門前町の治安を担うだけでなく、護国寺境内の雑用まで引き受けている。

音羽《おとわ》一帯で人望を集めている甚五郎は、毘沙門の親方とも、住んでいる町名にちなんで、桜木町《さくらぎちょう》の親方とも呼ばれていた。

「桜木町にお出で下さい《い》と言いたいところですが、生憎親方も朝から出てまして」

「なぁに。親方にはよろしく言っといてくれ」

「へい。それじゃ」

軽く会釈すると、佐太郎と若い衆が山門の方へと急いだ。

音羽には、毘沙門の若い衆から居酒屋『吾作《ごさく》』の板前に身を転じた菊次《きくじ》がいたが、叩《たた》き起こして朝餉をねだるわけにもいくまい。

六平太は、山門に近い茶店に飛び込んで雑煮を頼んだ。

楼閣のような山門を次から次に人が潜《くぐ》って境内に散って行く様子が、茶店から見えた。

六平太の頭を、ふと、おりきのことが過《よ》ぎった。

小日向水道町《こびなたすいどうちょう》のおりきの家に行くと、いくら朝が早くても嫌な顔ひとつせず朝餉を用意してくれたものだ。

おりきは、六平太が十年も前から馴染《なじ》んだ、いわば情婦だった。

おりきが誰にも何も言わず音羽から姿を消して、すでに一年ばかりが経っていた。


六平太が元鳥越に帰りついたのは午《ひる》少し前だった。

護国寺からの帰り、行きとは違う道をとった。

江戸川橋を渡り牛込《うしごめ》の坂を上っていた時、道場に寄ってみるか、六平太は迷った。

信濃《しなの》国十河《そごう》藩、加藤《かとう》家の江戸屋敷で供番を務めていた時分から、六平太が立身《たつみ》流兵法を学んだ相良《さがら》道場が四谷にあった。

茶店の雑煮だけでは腹が満たされず、道場の下男の源助《げんすけ》に頼んで湯漬の一杯にでもありつきたかったのだが、諦《あきら》めた。

昨夜家を空けた留吉のことが気になっていた。

六平太は元鳥越へと急いだ。

市兵衛店の木戸を潜った六平太が、留吉の家の戸を開けた。

だが、家の中はガランとして、お常の姿もなかった。

「お常さんは、日の出とともに出掛けたままですよ」

路地に出て来た大家の孫七が深刻な顔をした。

そしてすぐ、

「そうそう。今朝の五つ（八時頃）時分でしたか、北町奉行所の矢島《やじま》様が秋月さんをお訪ねでした」

同心、矢島新九郎《しんくろう》は、相良道場の同門でもあった。

「お常さん」

孫七の声がした。

木戸を潜って来たお常が、浮かない顔のまま六平太と孫七の前を通り過ぎた。

家に入ったお常は、框に手を突いて力なく腰を下ろした。

「どこへ行ってたんだい」

六平太が戸口の外から声を掛けた。

「朝早く棟梁の家に行ったら、昨夜、うちのと一緒に飲んだっていう大工の駒助《こますけ》さんがいて、少し様子が分かったよ」

お常が大きく息を吐いた。

「ゆんべは、小石川の建て前の帰り、留さんと吉兵衛《きちべえ》と三人、根津《ねづ》で飲んだんだよ」

駒助はお常にそう言った。

だが、昨夜の五つに根津の権現《ごんげん》様近くで三人とも別々の方に帰って行ったのだ。

駒助は、留吉はそのまま家に戻ったとばっかり思っていたと首を傾《かし》げたそうだ。

「秋月さん」

路地で声を掛けたのは、浅草十番組『ち』組の平人足だった。

「音吉兄ィが、秋月さんにご足労願いたいと申しておりまして」

顔見知りの若い衆が、丁寧に腰を折った。

六平太の先に立った若い衆は、浅草寺脇の馬道《うまみち》にある『ち』組にではなく、聖天《しようでん》町《ちよう》へと向かった。

通い慣れた小路を一つ二つ曲がって、若い衆が立ち止まったのは、音吉と佐和の住まいの前だった。

「兄ィ、秋月さんをお連れしました」

若い衆が家の中に声を掛けると、

「すまなかったな。後はもういいよ」

音吉の声に、若い衆は六平太に会釈して軽やかに立ち去った。

「義兄《にい》さん、とにかく中に」

顔を出した音吉に促されて土間に立った六平太は、思わず目を見開いた。

振り向いた佐和の身体《からだ》の向こうから、留吉の顔が亀《かめ》のように伸びていた。

「留さん」

「どうも」

留吉は頭の後ろに手を遣《や》ると、小さく首をすくめた。

「留吉さん、昨夜遅く訪ねていらしたのよ」

六平太と音吉が長火鉢の近くに座るのを待って、佐和が口を開いた。

「ゆんべはあんまり打ちひしがれていましたから、そのまま寝かして、今朝がた話を聞いたところでした」

音吉が、六平太に事情を話した。

「何があったんだよ」

六平太が労《いた》わるように声を掛けた。

昨夜、大工仲間と根津で飲んだことは、お常も知っているというと、

「駒助たちと別れた後なんだよ」

留吉が、ため息交じりに呟いた。

大工仲間と根津権現近くで別れた後、留吉は一人、賑《にぎ》やかな通りを抜けて不忍池《しのばずのいけ》の畔《ほとり》に出たのだという。

そこでふっと懐に手を遣ると、腹掛けの内側に入れていた巾着《きんちゃく》がないのに気付いた。

巾着には、その日の稼ぎ分五百四十文（約一万八百円）と元々の手持ちから飲み代を出した残りの六、七十文（約千二百円から千四百円）が入っていた。

留吉は慌てて、来た道を急ぎ引き返したのだが、巾着は見つからなかった。

「落としたなんて言ったって、お常は信じるもんじゃねぇ。どやされるのは目に見えてる。帰るに帰れず、そのまま思案に暮れて歩き続けて、気がついた時にゃ浅草にいたんだ」

「それでここに？」

「一度は浅草寺の床下に潜り込んだんだよ。けどね、酔いがさめるとともに夜風が身に沁《し》みてさ」

留吉は震えながら聖天町の音吉と佐和を頼った。

「とにかく戻るしかないよ留さん。お常さん、昨夜から心配してるんだ」

六平太が穏やかに声を掛けたが、

「一晩家を空けたわけをどう言えばいいか」

留吉は、しきりに首を左右に傾げてため息をついた。

「正直に言うしかないでしょ、おじさん」

佐和が子供を諭すような物言いをした。

以前の佐和からは考えられなかった。

初めて市兵衛店の住人となった時分、佐和は十になったばかりだった。

「小さいのに健気《けなげ》だ。感心するよ」

多喜の裁縫を手伝う佐和を見るたびに留吉は感心していた。

そんな佐和が、年月を経、人の女房となったいま、留吉を窘《たしな》めるまでになっていた。

「だけど佐和ちゃん、金を落としましたと言って、はいそうですかと、あのお常が鵜《う》呑《の》みにすると思うかい？　本当はなんに使ったんだ、わたしに隠し事をするのかと、きりきりと問い詰めるのが落ちだよ」

留吉が泣きごとを並べた。

六平太はその様子がありありと眼《め》に浮かんだ。

お常の気性を知っている佐和も、黙り込んだ。

「気性が荒いのか」

音吉が佐和を窺《うかが》った。

「荒いというのとは違いますけど」

「思い込んだら梃《て》子《こ》でも動かないところがあってね」

六平太が囁《ささや》いた。

元鳥越の一軒家で佐和と暮らしていた時分のことを思い出していた。

「うちのが秋月さんに誘われて飲んだと言ってますけど、本当でしょうか」

酒に酔った留吉を引き連れたお常が、秋月家の台所の土間に立った。

「おれが誘ったがなにか」

応対していた佐和に呼ばれた六平太が言うと、

「そんなはずはない」

お常のこめかみに筋が浮かんだ。

「兄もそう言ってますから」

「佐和ちゃん、庇《かば》い立てなんかしちゃいけないよ」

お常は佐和の声にも耳を貸さなかった。

「佐和ちゃんの仕立て直しの手間賃に頼ってるような秋月さんが、酒に誘うはずがないじゃないか。きっとうちのが誘ったに違いないんだ」

お常はそう言い張って譲らなかった。

「そんなこともあったねぇ」

留吉がため息をついて項垂《うなだ》れた。

「掏《す》りに遭ったことにしちゃどうです」

音吉が言うと、留吉は慌てて手を大きく左右に振って、

「根津で掏られたなんぞ、余計疑われるよぉ。なにしろ根津だから。岡場所に上がり込んだに違いないなんて言い出すに決まってます」

品川、音羽、深川と並んで、根津権現門前は江戸でも屈指の岡場所である。

「いっそ、物《もの》の怪《け》に取り憑《つ》かれたことにしたらどうだ」

「兄上っ」

あまりにもふざけているとでも思ったのか、佐和が六平太を窘めた。

「その手はありますよ」

音吉が、ぽつりと口にした。

「音吉さんまで」

「佐和、聞け。言いわけに困った時は、物の怪に頼った方がいいんだ。つくも神とか牛御前《うしのごぜん》とか」

「そういうのに詳しいのか、音さん」

六平太が、身を乗り出した。

「顔見知りの坊さんから、以前、牛御前が浅草寺に出たって話を聞いたことがあります」

音吉が神妙に頷いた。

牛御前という物の怪が浅草寺に現れて、僧侶七人がとり殺されたという言い伝えがあるのだという。

「それはまずいな。お常さんに話したら、そんな恐ろしい物の怪に遭ってよく生きて帰れたもんだと、かえって怪しまれるよ」

六平太が首を傾げると、音吉は腕を組んで唸《うな》った。

「思い出したがね」

黙って聞いていた留吉が、ぽつりと口を開いた。

「以前、修繕に行った先に、犬神様に取り憑かれたっていう娘がいたなぁ」

かれこれ五、六年前のことだという。

留吉が庭で鑿《のみ》を叩いていると、母屋の奥から妙な声がした。

「お嬢様が犬神様に取り憑かれたもんだから、祈禱師《きとうし》にお祓《はら》いをしてもらってるのさ」

その家の主は何も言わなかったが、留吉は台所女中からこっそり聞き出していた。

「犬神のことはおれも耳にしたことがありますよ」

音吉が声をひそめた。

「どんな物の怪だ？」

六平太も声を落とした。

「取り憑かれると、身も心も変調を来《きた》すってんですがね。正しく祀れば、願い事を叶《かな》えてくれるって物の怪だそうです」

音吉が、周りの顔色を窺った。

「それでどうだ、留さん」

六平太は、思い切って勧めてみた。

「願い事まで叶えてくれるっていうのは、手頃でよさそうだ」

留吉が、六平太を見、音吉と佐和にも目を転ずると、大きく頷いた。

「今度、音吉さんが黙って家を空けた時は、憑き物に遭ったと思うことにします」

佐和が拗《す》ねたように言うと、

「おれは黙って家は空けないよぉ」

音吉が慌てて手を打ち振った。

二

浅草御蔵から鳥越明神へと通じる表通りに夕闇《ゆうやみ》が迫っていた。

外の用事を済ませたお店者《たなもの》らしい男や女中、空になった天秤棒《てんびんぼう》を担いだ棒手振《ぼてふ》りなどがせかせかと行き交い、出職《でしょく》の者も家路を急いでいた。

市兵衛店に向かう六平太の横で、留吉の足取りが心なしか重い。

肩にした道具箱のせいではなかった。

女房のお常が果たしてどう出るか、そのことが留吉の気持ちを重くしていたに違いない。

「あ、留さん」

鳥越明神横の小路《こうじ》に入りかけた熊八が足を止めた。

山伏の装《なり》りをして、錫杖《しやくじよう》を手にしているところを見ると、『祭文語《さいもんかた》り』で稼いだ帰りのようだ。

時節時節で、『鹿島《かしま》の事触《ことぶ》れ』になったり『まかしょ』になったりするので、なんでも屋の熊八と呼ばれていた。

熊八は、六平太の脇《わき》にいる留吉の姿を見るとすぐ、あたふたと小路へと駆け込んだ。

市兵衛店の木戸を潜ると、待ちかまえていたお常と熊八、それに孫七夫婦が六平太と留吉の前に並んだ。

「お前って人は――！」

お常があとの言葉を飲み込んだ。

「話は家でしようじゃないか」

六平太が言うと、一同が留吉の家へと移動した。

家に上がった留吉はお常の前で殊勝に項垂れた。

「留さんはゆんべ、犬神様に取り憑かれたようだ」

土間近くで胡坐《あぐら》をかいた六平太が口を開くと、框に掛けていた熊八と孫七夫婦がぽかんと口を開けた。

「実は、今朝早く、浅草寺境内の閻魔堂《えんまどう》の傍《そば》で、両手両足を地べたにつけてぴょこぴょこ飛び跳ねてる留さんを、ほれ、佐和の亭主の音吉が見つけたって言うんだよ」

留吉が小さく相槌《あいづち》を打った。

「その様子を妙だと思った音吉が、浅草寺の顔見知りの坊さんを呼んで見てもらうと、これは犬神に取り憑かれたにちがいないとの仰せだった」

「飛び跳ねてたのかぁ」

熊八の呟きに、留吉がこくりと頷いた。

「それで、音吉が坊さんに頼んでお経を上げてもらったら、留さんはたちまち正気に立ち返ったっていうことだ」

言い終わると、六平太が見回した。

お常も熊八も、それに孫七夫婦も狐《きつね》につままれたような顔で、声がなかった。

「留さんは、自分がどうして浅草にいるのかも分からないと言う。昨夜、不忍池の畔を歩いていたことまではうっすらと覚えてるだけでな。ところがだ」

六平太は、重々しい物言いをして続けた。

「正気に戻った留さんは、懐の金が無くなっているのに気付いた」

「なんだって」

お常の声が頭のてっぺんから出た。

「どうやら、犬神が持ち去ったんじゃないかというのが、佐和や音吉たちの推量だった」

ゆっくりと見回した六平太が、穴の開くほど見ているお常の眼差《まなざ》しに思わずたじろいだ。

「お常、すまねぇ。おれが犬神に取り憑かれたばっかりに」

留吉がお常に両手を突いた。

「しかし、相手が犬神じゃ仕方ありますまい」

時には怪しげな祈禱師にもなる熊八の言葉は、妙に重みがあった。

「そうだねぇ、お前さん」

「うん。犬神様じゃねぇ」

孫七夫婦まで熊八の御託宣に同調すると、お常は黙り込んだ。

「お前、腹空《す》かしてるんじゃないのかい」

お常の穏やかな声に、顔を上げた留吉がこくんと頷いた。

「ささ、うちも晩の支度ですよ」

孫七の女房が腰を上げると、六平太と熊八も、孫七夫婦に続いて留吉の家を出た。

「秋月さん、飯はどうします?」

路地に出るとすぐ、熊八が聞いて来た。

「支度の何もしてねぇから、『金時《きんとき》』だな」

「そこしかありませんな」

六平太は熊八と連れだって、表通りの居酒屋『金時』を目指した。

暮れなずむ空に星が出ていた。


翌朝、日の出とともに起き出した六平太は、洗面、火熾《ひおこ》し、朝餉と、いつも通りの手順をつつがなく済ませた。

市兵衛店の様子もいつも通りで、道具箱を肩にした留吉は、お常の声に送られて仕事に出かけ、熊八は錫杖を手にして稼ぎに出て行った。

紺色の着流しに着替えた六平太が、二階の部屋の障子を閉めかけた時、向かいの平屋から三治が出て来るのが見えた。

手拭《てぬぐい》を肩に乗せると、大あくびをしながら井戸へと向かって行った。

六平太は、畳んだ布団に立て掛けていた刀を摑《つか》んで階下へ降りた。

「秋月さんなら多分いますよ」

井戸端の方から三治の声がした。

六平太は、土間の草履に下ろしかけていた片足を上げた。

「こりゃ、お出かけでしたか」

路地から入って来たのは、北町奉行所の同心、矢島新九郎だった。

「折り入って、お願いがあって参りました」

頭を下げた新九郎を、六平太は家に上げた。

「この二、三日、秋月さんの付添い業はお忙しいのでしょうか」

座るなり、新九郎が問いかけた。

「九月は稼ぎ時でね。菊見もあれば芝神明《しばしんめい》の祭も続くんだ」

六平太は、神田岩本町《いわもとちょう》の口入れ屋『もみじ庵《あん》』に仕事の口をもらいに行くつもりだった。

「そうですか」

新九郎が渋い顔をした。

「なにか」

「実は、付添いのような、そうではないようなことで」

「もし付添いなら、口入れ屋を通さないと、後々『もみじ庵』の親父《おやじ》が臍《へそ》を曲げるんだが」

六平太が言うと、膝《ひざ》を揃《そろ》えていた新九郎が困惑した顔で首を捻った。

「しかし、付添い料を奉行所が満足に出してくれるかどうかも分からないようなお願いでして」

「奉行所絡みというと」

六平太が、眉《まゆ》をひそめた。

「打ち首獄門《ごくもん》にかけられる罪人の、市中引き廻《まわ》しに同道していただけないかと」

頭を下げた新九郎を、六平太は口を半開きにして見た。

「唐突なことで戸惑われたと思いますが、ひとつ事情をお聞きください」

「わかった」

六平太が、少し改まった。

「引き廻しをされるのは、犬神という二つ名を持つ、五郎兵衛《ごろべえ》という盗賊です」

「ほう」

六平太が思わず声を洩《も》らした。

犬神の五郎兵衛は、これまで何度も押し込みを重ねていたお尋ね者だった。

半年前も、四谷の塩問屋『狩野屋《かのうや》』に押し入って五百両（約五千万円）という大金を盗んだという。

その際、住み込みの手代と女中を惨殺した兇盗《きようとう》である。

ところが三月《みつき》前、犬神の五郎兵衛が奉行所の役人によって捕縛された。

「実は、五郎兵衛の隠れ家を記した投げ文が、日本橋の自身番に投げ込まれたのですよ」

新九郎が声をひそめた。

知らせを受けた与力、同心が協議して、数人の目明かしに二、三日張り込ませて様子を見させると、長年住人の居なかった渋谷《しぶや》の隠れ家に若い男二人の出入りがあった。一人は薪《まき》を割ったり、水を汲《く》んだりして、もう一人は酒や食べ物などを買い出しに出かけた。

見張りに付いていた目明かしの一人、日本橋、神田を受け持つ藤蔵《とうぞう》が、

「家の中にはもう一人いるようです」

新九郎に進言した。

その日、北町奉行所の与力一人と新九郎ら同心三人、捕り手数人が、渋谷の熊野権現《くまのごんげん》近くの隠れ家を急襲して、中にいた三人の男たちを捕えた。

『狩野屋』が押し込みに入られた夜、厠《かわや》に隠れて難を逃れた女中を小伝馬町《こでんまちょう》の牢屋敷《ろうやしき》に呼んで顔を確かめさせると、

「あの人がみんなを指図してました」

三人の中で一番年かさの、四十ばかりの細目の男を指さした。

女中は、厠の窓から、月明かりの射した庭に立つ男の顔を見ていた。

一緒に捕まった手下二人も、女中の指した男が『頭《かしら》の五郎兵衛』だと白状した。

「おれが犬神の五郎兵衛だよ」

男はとうとう、うすら笑いを浮かべて認めた。

調べが進んだ半月後、奉行所のお白州《しらす》に引き出された五郎兵衛に打ち首獄門の沙汰《さた》

が下された。

「ですが、それで片がついたわけではないのです」

新九郎が、ため息をついた。

五郎兵衛の隠れ家からは、盗んだ金が出て来なかったという。

「『狩野屋』から盗み取った金は五百両。それから捕縛されるまでの三月の間に使いきったとは思えません。五郎兵衛には、これまで盗んで貯《た》めた金もあるはずですが、それらが全く見当たらないのです」

「別のところに隠してるんじゃないのかね」

六平太が口にした。

「その辺りは奉行所でも厳しく問い詰めましたが、へらへら薄笑いを浮かべるだけで口を割りませんでした」

「打ち首と決まってても？」

「ええ」

頷いた新九郎が、

「ただ、ひと月前、金の隠し場所を口にしたことはしました」

調べに当たった同心が、五郎兵衛の押し込みに遭って商いが立ちゆかなくなった『狩野屋』のその後を話した時だった。

主人夫婦が首を吊《つ》って死に、倅《せがれ》と娘は行方知れずになった話をすると、

「供物の代わりぐらいは出そうじゃねぇか」

へらっと笑った五郎兵衛が、金の隠し場所を白状した。

「千駄木坂下《せんだぎさかした》、柿《かき》の木が一本植わった家の囲炉裏の灰を掻《か》き出してみな。百両（約一千万円）くらいはある」

新九郎は、同輩の同心や目明かしとその家を探し出したが、灰の中からは小銭一枚出なかった。

「おのれ、我らを虚仮《こけ》にしたな」

牢屋敷に戻った新九郎と同輩が、五郎兵衛に詰め寄ると、五郎兵衛はかっと目を剝《む》いて、言葉もなかったという。

五郎兵衛はそれ以来、人が変わったように顔の表情を消し、一切口を開かなくなった。

「それで、おれをなんのために引き廻しについて歩かせるんだ」

胡坐をかいていた六平太が、新九郎を上目使いで見た。

「さっきも言いましたが、五郎兵衛の隠し金が百両ってことはありません。千駄木坂下の家も隠し場所だったかもしれませんが、我らは、そのほかに何百両という金を隠している場所があると見ています」

　新九郎が更に顔を引き締めて続けた。

「秋月さん、わたしは、磔《はりつけ》や打ち首になる極悪人の最後を何度か見ております。奴らにとって、市中引き廻しはこの世の見納めなのです。引き廻しが牢屋敷に近づくにつれ、泣き出す者や暴れ出す者も居ました。中には、最後まで剛気を装いながら、腹に貯め込んでいた思いを声高に喋《しやべ》る者もいます」

　六平太はじっと新九郎を見ていた。

「わたしは、犬神の五郎兵衛が、金の在りかを誰にも言わず、あの世にまで持って行くとは思えないのです。五郎兵衛が市中引き廻しとなれば、手下どもがどこかで密《ひそ》かに見送るはずです」

　新九郎が言いきった。

　犬神の五郎兵衛には少なくとも八人ほどの手下がいた。

　そのうちの二人は五郎兵衛と共に捕まっていたから、あと六人ばかりが江戸のどこかに潜んでいることになる。

「五郎兵衛は手下どもに分け前を遣るかもしれませんし、身内が居れば渡そうと考えているかもしれません」

「なるほど」

　六平太が、声にならない声を洩らした。

新九郎は、同心を二、三人、藤蔵ら目明かしと下っ引きたち数人を見物人の中に潜り込ませるという。

だが、その人数に不安があった。

「秋月さんにも是非、見物のふりをして列と共に歩き、五郎兵衛の眼の動き、言葉を発したら、その一つ一つを気に掛けていただきたいのです」

「奉行所は、金を見つけたいのか?」

「金と、犬神の五郎兵衛の手下どもに辿《たど》りつきたいのです」

新九郎が大きく息を吸って頷いた。

「一網打尽か」

「犬神の一党に押し込みに入られた『狩野屋』では奉公人二人が無残にも殺され、店が立ちゆかなくなった主人夫婦が首を吊りました。そのような無法を働いた手下どももひっ捕えねば、死んだ者が浮かばれません」

新九郎の思いを聞いて、六平太が大きく息を吐いた。

「奉行所からの付添い料は、いくらぐらい出るのかね」

「上に掛けあってみますが、せいぜい一朱(約六千二百五十円)ぐらいかと」

新九郎の物言いは歯切れが悪かった。

「おれも、犬神に取り憑かれたか」

「え」

新九郎が、身を乗り出して聞き直した。

「こっちのことだよ」

苦笑を浮かべた六平太は、新九郎の頼みを引き受けた。

三

江戸は朝から灰色の雲に覆われていた。

雨が降るような気配はないが、気分を重くさせる。

矢島新九郎が市兵衛店を訪ねてから二日経った朝、六平太は小伝馬町牢屋敷へ向かっていた。

鼠色《ねずみいろ》の着物に鳶色《とびいろ》の袴《はかま》、頭には網代笠《あじろがさ》の出《い》で立《た》ちである。

盗賊、犬神の五郎兵衛の市中引き廻しに同道する日だった。

六平太は昨日、神田岩本町の口入れ屋『もみじ庵』に呼ばれて、

「明日、芝居の付添いがあるのですが」

親父の忠七《ちゅうしち》に声を掛けられた。

付添い料は少なくとも二分（約五万円）だろうと聞かされて、引き廻し同道の料金

が一朱だということを打ち明けられなくなった。

「前々から、妹の所に行く用事があって」

六平太は嘘《うそ》をついた。

小伝馬町牢屋敷の裏門に近づくと、塀際や松の木陰あたりにひっそりと佇《たたず》む人影があった。

六平太に向かって会釈をした男を見ると、小商人風の装りをした目明かしの藤蔵だった。その近くには、藤蔵の下っ引きが担ぎ商いを装って立っていた。

他に、遊び人や大道芸人姿の男が三人ばかり居たが、恐らく目明かしが身をやつしたものだろう。

裏門が大きく開かれた。

最初に出て来たのは笠《かさ》を手にした着流し姿の新九郎と、同じような装りの同心二人だった。同心の三人は、出て来るとすぐ辺りに眼を走らせて、門の近くに控えた。

やがて、門の中から検使と町方与力が乗った馬が二頭、しずしずと出て来た。

五人の先払いに続いて、朱槍《しゆやり》、捨札、紙幟《かみのぼり》を掲げた男が四人現れた。

長さ六尺、幅一尺三寸（約三十九センチ）の捨札と紙幟には罪人の名と罪状が記されていた。

続いて出て来たのが、首から胴に縄を打たれ、両手を後ろに縛られて馬に乗せられた犬神の五郎兵衛である。

鞍代《くら》わりの筵《むしろ》に跨《また》がった五郎兵衛の髭《ひげ》や髪は伸び、張った頬骨《ほおぼね》の上の細い眼が挑みかかるように光っていた。

市中引き廻しの隊列が勢揃いして動き出すと、新九郎ら同心、藤蔵ら目明かしたちは隊列の左右に分かれ、ばらばらに間隔をとって歩き出した。

六平太は隊列の後尾についた。

牢屋敷の裏門辺りに見物の人影はなかった。

市中引き廻しは、小伝馬町牢屋敷を出ると江戸橋を渡り、八丁堀《はっちょうぼり》、南伝馬町《みなみでんまちょう》を経て京橋を渡る。そのまま西に進み、芝車町《しばくるまちょう》の札の辻で折り返すことになっていた。

折り返した後は、赤羽橋から飯倉、溜池《ためいけ》、赤坂に出て、四谷、市谷、牛込、小石川の各御門前を通る。

さらに水道橋の水戸徳川家屋敷脇から壱岐坂《いきさか》を上り、本郷春木町から湯島の切り通しを経て下谷広小路《したやひろこうじ》に至る道順は、江戸城をほぼ一周する行程である。

下谷広小路に出た引き廻しは、上野山下から東へと進み、浅草雷門から今戸に行く。

今戸で引き返してからは、蔵前《くらまえ》、馬喰町《ばくろちょう》を経て小伝馬町牢屋敷の裏門に戻るのだ。

おおよそ一日掛けて引き廻された後、罪人は牢屋敷内で首を刎《は》ねられる手筈《てはず》になっていた。

馬上で左右に揺れる五郎兵衛の後ろ姿を、六平太は笠の下から見ていた。

小伝馬町牢屋敷の周辺は、夜明け前から活況を呈する商業地である。

神田から日本橋へと続く一帯には、様々な職種が軒を並べている。

水運に恵まれた近辺には幾つもの河岸があって、船人足たちの威勢のいい声が飛び交う。

道には荷を積んだ車が行き交い、青物や魚を売る棒手振りがせわしく駆け抜けた。

「引き廻しだ！　市中引き廻しの罪人だぞ！」

通りがかりの者が声を張り上げると、道を行く者たちが一斉に足を止めた。

「引き廻しが来るぞ！」

天秤棒に下げた桶《おけ》を大きく揺らしながら触れまわる棒手振りもいた。

江戸橋を渡る頃になると、引き廻しが来るということは知れ渡っていたと見えて、好奇心を露《あら》わにした見物人が集まって来た。

日本橋近くに進むと、更に人々の数が増え、道の両側に人垣を作った。

日本橋の高札場は、晒《さらし》の場所でもあった。

心中を図って未遂に終わった男女、女犯《にょぼん》の罪で捕えられた坊主も晒された。

町歩きの多い六平太は、市中引き廻しに何度か遭遇したことがある。

だが、滅多にお目にかかれない人々にとって、引き廻しも晒し者もただで見られる見世物だった。

六平太は、五郎兵衛と並行するように、人垣の外をゆっくりと歩いていた。

「押し込み先で人を殺した盗賊だそうだ」

「犬神の五郎兵衛だとよ」

野次馬の声が聞こえたのか、五郎兵衛が時折、道の両側に物見高く集まった見物人を睥睨《へいげい》するように眼を遣った。

「憎たらしい顔をしてやがる」

そんな声にも、五郎兵衛はふんと鼻で笑った。

「おい、そこの娘。年はいくつだ」

五郎兵衛が、突然行く手の人垣に眼を留めて、下卑た声を掛けた。

顔に似合わず、透き通るような声だった。

「初心《うぶ》な顔して、男を誑《たら》し込んでるんじゃねぇのか」

六平太のすぐ目の前の人垣がざわついて、顔を両手で覆った若い娘が急ぎ駆け去った。

それを見た五郎兵衛が、ははは、と、空を仰いで大笑いした。

「くたばれ極悪人！」

野次馬の声が飛んだ。

「獄門台のおめぇの面に唾《つば》を引っかけてやらぁ！」

「おう。やれるもんならやってみな。地獄の底から這《は》い出して、おめぇを祟《たた》ってやる」

野次馬に言い放った五郎兵衛の顔には、凄味《すごみ》があった。

京橋を渡り、尾張町《おわりちょう》を通り、新橋を過ぎる頃、雲が切れて薄日が射した。

引き廻しの隊列は、増上寺門前の浜松町に差し掛かっていた。

「とめろぉ！」

五郎兵衛が大音声を発した。

隊列が止まると、
馬の首を廻した与力が、五郎兵衛の傍に横付けした。

「なにごとだ」

五郎兵衛が横柄な口を聞いた。

「あれを食いたい」

六平太が、五郎兵衛が顎《あご》を向けた先を見ると、『菓子舗』の看板があった。

与力は、一言二言五郎兵衛と言葉を交わすと馬を降り、『菓子舗』へと入って行った。

「これから死ぬ者の言い分は、出来るだけ聞くことになってましてね」

さりげなく近づいていた新九郎が、六平太の傍で囁いた。

「そのことを知ってる罪人は、ここぞとばかり、嵩《かさ》に掛かって好き放題口にするのです」

「ですが、奉行所から金は出ませんので、与力が身銭を切るのです。罪人の言うことを全て聞いていると、二、三両の散財をすることになります」

「奉行所も粋《いき》な計らいをするもんだ」

「ほう」

六平太は、与力が渋い顔をして入って行った『菓子舗』の方に眼を向けた。

「今のところ、不審な者は見掛けません」

藤蔵が近づいて、新九郎に囁いた。

「だが、見物に紛れた五郎兵衛の手下はどこかにいる」

新九郎の声が険しかった。

「五郎兵衛も馬上から、さり気なく手下の姿を探しているに違いない」

新九郎に小さく頷くと、藤蔵はその場をすっと離れた。

引き廻しの見物人から軽いどよめきが起きた。

細い竹の先に刺された饅頭《まんじゅう》が、先払いの男の手で五郎兵衛の口元に差し上げられた。

両手を使えない五郎兵衛は、顔を近づけて饅頭にかぶりついた。

「犬神よぉ、この世の食い納めの饅頭だな」

野次馬から声があがると、そこここで笑いが起きた。

与力の馬が先頭に戻って、引き廻しの隊列が動き出した。


市中引き廻しの折り返しとなる札の辻で隊列が止まった。

六平太の眼が、馬を下りる検使と与力の姿を捉えた。

するすると近づいて来た新九郎が、

「ここで暫時休憩です」

六平太に囁いた。

「小便だ！」

馬上の五郎兵衛が、またしても大声を発した。

「馬の上で垂れ流せ！」

野次馬から声が飛んだが、五郎兵衛は意に介さず涼しい顔をしていた。

与力の指示を受けた先払いの男たちが、五郎兵衛を馬から下ろした。

手を縛られたまま男たちに囲まれて、五郎兵衛は与力の後から近くの木戸番所へと入った。

「進んでいるより、列が止まった時こそ、気をつけねばなりません」

新九郎が厳しい顔で言うと、木戸番所の方へと急いだ。

六平太が道端の石垣に腰を下ろすと、担ぎ商い姿になった藤蔵の下っ引きが、何気なく隣りに腰掛けた。

「親分から言いつかってまして。よかったら」

小声で言うと、握り飯の載った竹の皮を二人の間に置いた。

「水もあります」

竹の水筒まで置いてくれた。

真上近くに上がった日が、薄雲を通して見えていた。

「遠慮なく」

六平太が、握り飯に手を伸ばした。

眼の前の東海道を、旅の連中が行き交っていた。

休憩している引き廻しの隊列を、足を止めて眺める者も居た。

六平太が、握り飯を三口ばかり口にした時、見物人からどよめきが起きた。

木戸番屋から、与力と先払いの男たちに囲まれた五郎兵衛が姿を現した。

「おい、犬神の五郎兵衛。盗人《ぬすっと》のくせに一丁前に小便も出すのかっ」

むさくるしい浪人が、見物の列から進み出て叫んだ。

仲間の浪人が三人、声を掛けた浪人の周りに集まって笑い声を上げた。

「人の金を盗み取るなど下劣極まりない所業だ」

最初に声を発した浪人が、またしても叫んだ。

「盗んだ金はどうした！」

「隠しているなら、剣術に精進するわれらに金を差し出せ」

仲間の浪人まで罵声《ばせい》を投げかけた。

少し離れた所で、新九郎と同心二人が、さり気なく浪人たちの狼藉《ろうぜき》に備えていた。

先払いの男たちの手で馬に乗せられた五郎兵衛が、浪人たちを見下ろした。

「やせ浪人共よ、金が欲しけりゃてめぇの腕で稼ぎな」

口の端に小さく笑みを湛《たた》えた五郎兵衛が、正面に顔を向けた。

やけにまっとうなことを言いやがる——腹の中で呟いた六平太が、思わず苦笑いを浮かべた。


日が西に傾き始めた頃、引き廻しの隊列は四谷に差し掛かった。

武家屋敷の多い四谷辺りは見物人の列はまばらだった。

見物人の多くは、屋敷を飛び出して来た武家の子弟や軽輩の家臣たちである。

屋敷の長屋門の格子窓から、息をひそめて引き廻しを眺める女の影もあった。

六平太は先刻から、油断なく辺りに眼を走らせていた。

四谷には、六平太が時々稽古《けいこ》に通う立身流相良道場がある。

六平太が恐れていたのは、稽古帰りの門人に気付かれないかということだ。

笠をつけてはいるが、六平太を目ざとく見つける者がいないとは限らない。

六平太は堀沿いの、隊列の右側を笠を深めにして歩いた。

隊列は四谷御門を通り過ぎ、なだらかな坂を市谷御門の方へと下った。

堀沿いを歩く六平太が、ふっと隊列の左側に眼を遣った。

引き廻しを見物するまばらな人垣の向こうを、ゆっくりと歩く頰被《ほおかぶ》りの男がいた。

竹竿《たけざお》を三本ばかり肩に担いでいるところを見ると、竹竿売りだろう。

しかし、男の歩調は、五郎兵衛の馬の速度にぴたりと合っていた。

新九郎が気にしていた五郎兵衛の手下かも知れなかった。

五郎兵衛からの指示を密かに受ける役目かもしれないし、何かを伝えるということも考えられた。

突然、男の足が止まった。

肩の竹竿を一本だけ摑むと、残りの竹竿を打ち捨てた男が、五郎兵衛をめがけて引き廻しの隊列の中に躍り出た。

男は手にした竹竿を馬上の五郎兵衛へと突き出した。

槍のように先端を尖らせた竹竿が五郎兵衛の左の二の腕を刺した。

五郎兵衛はぐらりとよろけたが、辛うじて持ちこたえた。

一瞬の出来事で、誰も止めるすべがなかった。

突き出した竹を一旦《いったん》引いた男が、更に突き刺そうと構えた時、駆けつけた六平太が下段から刀を振り上げて、竹を真っ二つにした。

空中を飛んだ尖った竹の先が、からんと音を立てて地面に落ちて、転がった。

見物人からどよめきが起こり、駆けつけた藤蔵と下っ引きが男の両腕を取って隊列から引き離した。

「お前のせいで商いが立ちゆかなくなったんだ！」

頬被りの男は藤蔵と下っ引きに引きずられながら、激しい怒りの眼を五郎兵衛に向けた。

「お父《と》っつぁんとおっ母《か》さんは泣く泣く首を吊ったんだ！　お前がうちに押し込みに入ったばっかりに！」

男は涙声になっていた。

「近くの自身番に留め置け」

急ぎやって来た新九郎が、藤蔵に命じた。

両脇を固められた男は、武家地の小路へと消えた。

六平太が、笠を小さく持ち上げて五郎兵衛を見上げた。

男が連れさられる方を見ていた五郎兵衛が、ふっと六平太に眼を向けた。

五郎兵衛は口の端で小さく笑うと、すぐに正面を向いた。

「進め」

与力の声に、隊列がゆるゆると動き出した。

六平太は隊列から付かず離れず、五郎兵衛の後方から堀端を歩いた。

「さっきの男は、恐らく五郎兵衛に押し込みに入られた『狩野屋』の倅でしょう」

新九郎が追いついて、六平太と並んだ。

後ろ手に縛られた五郎兵衛の左腕に血が滲《にじ》んでいたが、六平太が見た所、浅傷《あさで》のようだ。

顔の様子は見えないが、五郎兵衛の鼻歌が微《かす》かに聞こえた。

上野、不忍池の水面がきらきらと西日をはねかえしていた。

風が出て来て、辺りの樹木が葉摺《はず》れの音をさせていた。

引き廻しの隊列は、池之端仲町《いけのはたなかちょう》の畔で休息を取っていた。

馬から下ろされた五郎兵衛は、縛られたまま筵に座らされ、先払いの者から竹筒の水を与えられた。

五郎兵衛から少し離れた池畔《ちはん》に、六平太は新九郎と並んで腰を下ろしていた。

新九郎がくれた握り飯を頬張り、水も飲んだばかりである。

「四谷で狼藉に及んだ竹竿売りは、やはり塩問屋『狩野屋』の倅でした」

下っ引きと共に隊列に追いついた藤蔵が、新九郎に小声で報告した。

竹竿売りの身柄は、四谷の目明かしに頼んで北町奉行所に送り届ける手筈だとも言った。

「犬神の五郎兵衛が呼んでますが」

紙幟を持って歩いている男がやって来て、六平太の耳元で囁いた。

新九郎を窺うように見ると、小さく頷いた。

六平太はやおら腰を上げて、五郎兵衛の近くに立った。

「なにか用か」

「四谷では、いい腕を見せてもらったぜ」

五郎兵衛が、六平太を見もせずに口を開いた。

「だがよ、余計なことをしたもんだ。牢屋敷に戻れば首を刎ねられるおれの命だ。なにも助けることもなかろうに」

「行きがかり上、仕方なくさ」

六平太が、気のない返事をした。

「おめぇはなんなんだ。小伝馬町の牢屋敷からずっと付いて来るのぁ、なんでだ」

五郎兵衛がゆっくりと顔を振り上げた。

「その髪形は、役人じゃねぇ。ただの浪人とも思えねぇ」

「おれは、ただの付添い屋だ」

「そりゃ、なんだ」

からかわれたとでも思ったのか、五郎兵衛の声が尖った。

「か弱い爺《じい》さん婆《ばあ》さん、女子供の外出の付添いだよ。盗人も横行すりゃ、物盗《と》り、辻斬り、掏りも獲物を狙《ねら》ってる御時世のお蔭《かげ》で飯が食える商売だ。芝居見物、月見に虫聞き、これからは紅葉《もみじ》狩りのお供なんぞで大忙しだよ」

「紅葉狩りね。へっ、やわな仕事、してやがる」

「おれの性分に合った稼業でな」

ちっと、五郎兵衛が舌打ちをした。

「おい、付添い屋」

行きかけた六平太が、足を止めた。

「おめぇ、江戸の紅葉の名所を知ってるのか」

思いがけない五郎兵衛の一言だった。

「王子の滝野川、品川海晏寺《かいあんじ》、根津権現、下谷正燈寺《しょうとうじ》、目黒不動、上野山内、そんなところだ」

六平太が答えると、五郎兵衛が小さく鼻で笑った。

「さっき、行きがかり上と言ったが、ひとつ見たいもんがあるんだよ」

前屈《まえかが》みになった六平太が、五郎兵衛の耳元で囁いた。

五郎兵衛が、訝《いぶか》しげに顔を向けた。

「ぎりぎりまで生かしておいて、最後の最後にお前の泣きっ面を見てみたいんだ」

「なに」

五郎兵衛の細い眼に、獣のような光が射した。

「今は見物人の前で剛気を気取って鼻歌も出るだろう。高い所から見下ろしていい気なもんだが、牢屋敷に戻れば、その首は飛ぶ」

「そんなもなぁ覚悟のうえだ」

「その首は、てめぇの手に掛かって死んだ者、てめぇのせいで悲惨な目に遭った者の恨みに取り憑かれてるはずだ。隠れ家を密告されたってことは、ひょっとしたら、仲間からも恨まれていたのかも知れないねぇ」

そこまで言うと、六平太が腰を伸ばした。

かっと眼を見開いた五郎兵衛が、六平太を振り仰いだ。

「小伝馬町牢屋敷の裏門を潜る時、恨みの数々を抱えたお前がどんな顔になるのか、それを見たいのさ」

静かにそう言うと、六平太は隊列の後方へと向かった。

六平太の背中には、五郎兵衛の鋭い眼差しが突き刺さっていたはずだ。

四

浅草雷門の前を通り過ぎたのは、八つ半（三時頃）を過ぎた頃合いである。

引き廻しの隊列は、今戸に至って引き返すことになっていた。

今戸への道筋の途中には、佐和の住む聖天町があった。

よもや、佐和が市中引き廻しを見に現れるとは思えないが、六平太は網代笠を深めにして用心した。

浅草の火消し、『ち』組の音吉が通りかかることもある。

顔見知りになった『ち』組の若い衆に見られるということもあった。

だが、今戸で引き返して駒形町《こまがたちょう》に至るまで知り合いに見られることはなかった。

引き廻しの隊列の右手に、かなり低くなった西日があった。

浅草御蔵から浅草御門へと向かう通りの右手には、博江《ひろえ》が勤める代書屋『斉賀屋《さいがや》』がある。

博江は、以前、六平太が付添いをした侍の妻女だった。夫は主家の思惑に翻弄《ほんろう》された挙げ句に非業の最期を遂げ、行くあてのなくなった博江は、こともあろうに六平太を頼って来たのである。

博江の住まい探しに奔走したのは市兵衛店の大家、孫七で、代書屋『斉賀屋』に口を利いたのは家主の市兵衛だった。

近頃、博江との仲を勘ぐる者がいて、六平太はいささか閉口していた。

六平太は、隊列の左の大川沿いを歩いた。

何気なく反対側を見ると、見物の人波に遮られて代書屋『斉賀屋』の中は窺えなかった。

引き廻しの隊列は、馬喰町を通り小伝馬町に近づいた。

隊列の後方から付いて歩く六平太は、詰めかけた見物人に笠の下から眼を走らせたが、これまで不審な者は見掛けなかった。

五郎兵衛の挙動にも気になることはなかった。

ただひとつ、不忍池を出てからというもの、五郎兵衛が一言も物を言わなくなったことに六平太は気付いた。

見納めの娑婆《しゃば》をひたすら眼に焼きつけているのか、己の首が飛ぶ時刻が次第に迫っていることに思いを馳《は》せているのか、五郎兵衛の背中からは窺い知れなかった。

「秋月さん」

不審そうな声がした。

笠を少し上げた六平太が思わず声の方を向くと、

「やっぱりそうだ。いったい何をしておいでで」

見物の列に混じっていた『もみじ庵』の親父、忠七が、眼を丸くしていた。

『もみじ庵』のある神田岩本町は、小伝馬町とは眼と鼻である。

忠七は店を放《ほう》って、市中引き廻し見物に駆けつけたようだ。

片手で忠七を拝むようにして、六平太はこそこそと隊列の反対側へと移動した。

隊列が道を曲がった途端、近所の寺から読経の声がした。

夕の勤行だろう。

小伝馬町牢屋敷は残照を浴びて黒々としていた。

市中引き廻しの隊列が朝方出発した牢屋敷の裏門に辿りついた時、見物人の姿はなかった。

「開門」

馬上の与力が裏門の中に声を掛けた。

笠を取った六平太は、新九郎と並んで門の近くに佇んだ。

「矢島様、不忍池辺りからこの近くまで付いて来た男が二人ばかり居りました」

藤蔵が囁いた。

「その二人は、うちの下っ引きに後を付けさせました」

頷いた新九郎が、

「さっき、堀留《ほりどめ》の千五郎《せんごろう》が気になる者が一人居ると言って、馬喰町から付けて行った」

六平太は気付かなかったが、目明かしたちの眼は節穴ではなかった。

裏門が中から開けられた。

検使、与力が真っ先に門を潜り、先払い、そして捨札や紙幟を掲げた者たちが続いた。

「止めろ」

五郎兵衛が声を発した。

五郎兵衛の乗った馬が、六平太の眼前で止まった。

「おい、付添い屋。おれの面はどうだ」

六平太に顔を向けた五郎兵衛が、

「泣きっ面じゃなくて悪かったな」

にやりと笑った。

「土壇場に座らされ、首を突き出した時のおめぇを見たかったよ」

六平太が、見上げて言った。

「おい。なにをしている」

門の中から、与力が声を上げた。

「見納めの江戸に名残を惜しんでるんだ。逃げも隠れもしねぇから待っていやがれ」

五郎兵衛が、与力に吠《ほ》えた。

「伊藤《いとう》様、わたしがついておりますので」

新九郎が頭を下げると、与力は口をへの字にして屋敷の方に去った。

「やい、付添い屋」

「なんだ」

「おめぇ、紅葉の名所をつらつら並べていたが、下谷にゃ正燈寺のほかにも名所はあるんだぜ」

五郎兵衛の言葉に、六平太は思わず首を捻った。

「正燈寺に近い荒れ寺だが、そこのことは誰も知らねぇ。だがよ、そこの紅葉は正燈寺に負けねぇほどに輝くんだぜ。黄金色に光る葉っぱがよ」

「初耳だな」

「上野山内の紅葉も恐れをなすくれぇの代物だぁ。東叡山《とうえいざん》寛永寺の大屋根も、首を伸ばして下谷の方を覗くってくらいのもんだ。付添い屋だなんぞと抜かすのなら、よぉく覚えておくこった」

六平太をひと睨みした五郎兵衛が、牢屋敷の方に顔を戻した。

「秋月さん、今日のお礼はまた日を改めまして」

六平太に会釈した新九郎が、馬の口取りに頷いた。

口取りに引かれた馬に乗った五郎兵衛の背中が、揺れながら門の中へと静かに消えた。


神田岩本町一帯は薄暮に包まれていた。

小伝馬町牢屋敷を後にした六平太は、その足で『もみじ庵』に向かった。

六平太は、付添い料二分の仕事を断って、市中引き廻しの列に付いて歩いたのだ。

妹佐和の用事があると、嘘もついた。

小ぶりな武家屋敷が建ち並ぶ辺りは黒々としていたが、通りの向かいに軒を連ねる小商人の家からは明かりが洩《も》れていた。

口入れ屋『もみじ庵』はその一角にあった。

既に暖簾《のれん》はなかったが、障子張りの戸の中に明かりが見えた。

六平太が戸が開けた。

「ごめんよ」

声を掛けて『もみじ庵』の土間に足を踏み入れると、帳場にいた忠七が帳面から顔を上げた。

「先ほどはどうも」

六平太が、頭を小さく動かして片手を上げた。

「今日は、お妹さんの用事があるからと言って芝居の付添いをお断りになったはずですが」

忠七は機嫌を損ねていた。

「いや、実は北町の役人に他言無用と釘《くぎ》を刺されて、仕方なく嘘をついてしまった」

六平太が、嘘を重ねた。

「お役人に？」

忠七が眉をひそめた。

「引き廻しに遭った罪人は名うての盗賊一味の頭だが、捕えられたのはその五郎兵衛たった一人なんだよ」

奉行所では、逃げ隠れしている五郎兵衛の一味をも捕えようとしたのだと、六平太は打ち明けた。

そのために六平太も狩り出され、引き廻しの途中、不審な者がいれば後を付けて一網打尽にする役目を負っていたのだとも弁明した。

これはまんざら嘘ではない。

「このことが事前に洩れると剣呑《けんのん》だからと、口止めされてたってわけだ」

「わたしが他に洩らすとでもお思いで？」

忠七が、拗ねたように口を尖らせた。

「おれは思わねぇよ。ただ、お役人というのは杓子定規《しやくしじようぎ》で堅物だからこっちも一苦労だよ」

六平太が、ため息をついた。

「まぁ、お上の御用をなすったっていうことなら仕方ありませんが、いくらか礼金は出たので？」

忠七が、探るような眼をした。

「出るのは、せいぜい一朱だそうだ」

「まさか。丸一日江戸を歩いて、ただの一朱ですか」

「北町の同心はそう言っていた」

眼を丸くした忠七が、言葉を失っていた。

やがて、

「その一朱は、まるまる秋月さんがお取りなさいまし」

忠七が、憐《あわ》れむように声を掛けた。

六平太は腹が減っていた。

一日歩きまわって、足も重い。

元鳥越に戻って、一刻も早く居酒屋『金時』に飛び込みたかった。

口入れ屋『もみじ庵』を出た六平太は、夕闇に包まれた神田川の土手に差し掛かっていた。

六平太の足の運びが微かに緩んだ。

人気の絶えた通りを歩く六平太の背後から、音を忍ばせて近づく足音に気付いた。

神田川に架かる新シ橋《あたらばし》の南詰の袂《たもと》で、六平太が足を止めた。

道の向かいの、戸を閉めた商家の庇《ひさし》の下で人影が二つ一瞬足を止めたが、やがて恐る恐る六平太に近づいて来た。

「岩本町の辺りから付けていたな」

六平太が静かに口を開いた。

それには答えず、

「ご浪人に、ちと聞きたいことがありましてね」

縞模様《しまもよう》の着流しの、百日髷《ひやくにちまげ》の男が言った。

頬に傷のあるもう一人の小柄な男は、眼を油断なく六平太に留めていた。

「犬神の五郎兵衛の市中引き廻しに、ついて歩いていなすったねぇ」

百日髷が六平太を窺った。

「不忍池じゃ、随分親しげに話し込んでいたようだが」

「ほう。見ていたのか」

「前々からの知り合いにも見えたが、どうなんで？」

「今日初めて顔を合わせた」

「とぼけるなっ」

百日髷の男が、凄んだ小柄な男の腕を押さえると、

「犬神と何を話したか、聞かせてもらえねぇかねぇ」

薄気味悪い愛想笑いをした。

「紅葉の名所はどこか、ま、そんなとこだ」

六平太が、鷹揚《おうよう》に答えた。

男二人は恐らく五郎兵衛の手下に違いないが、どうして六平太に近づいたのかを見極めたくなった。

「ふざけやがって、なにが紅葉だ」

またしても小柄な男が声を荒らげた。

「おめぇ、雲太郎《くもたろう》の野郎に頼まれて頭に近づいたろう」

「雲太郎たぁ何者だ」

「雲の野郎は、頭の女の」

「黙れっ」

興奮して口に出しかけた小柄な男を、百日髷が眼を吊りあげて突き飛ばした。

「お前ら、犬神の五郎兵衛の手下どもだろう」

男二人が途端に身を固くした。

「おれを付けた狙いはいったいなんだ」

六平太が、低い声で二人を見据えた。

「てめぇ」

いきなり懐に手を突っ込んだ小柄な男が、匕首《あいくち》を抜いて六平太に突進した。

すっと腰を落とした六平太は、左手で鞘《さや》を捻りながら刀を抜くと、峰を返して小柄な男の太股《ふともも》に叩きこんだ。

たたらを踏んだ男の肩に上段から更に一撃を加えると、腹からどぉっと地面に倒れ込んだ。

百日髷の男は、慌てて闇の向こうに逃げ去った。

五

元鳥越の市兵衛店は、昨日から雨が降り続いていた。

しとしとと、まるで梅雨時のような降り方だが、外で稼ぐ者に秋の長雨は大敵である。

六平太が路地に降る雨に眼を遣ると、向かいに座った矢島新九郎も路地に眼を向けた。

新九郎は、六平太が朝餉を済ませてすぐ訪ねて来ていた。

六平太が新九郎と会うのは、小伝馬町牢屋敷の裏門で別れて以来のことだった。

五郎兵衛の市中引き廻しから二日が経っていた。

「そうそう」

新九郎が六平太に視線を戻した。

「秋月さんが先日打ち倒した男ですが、奉行所に運びこんだあとも呻《うめ》き続けていましたが、今朝早く息を引き取りました」

「後の一撃が余計だったたな」

六平太は軽く舌打ちをした。

「あの男は、何者ですか」

新九郎が聞いた。

六平太は、付けて来た男二人に声を掛けられてからのやりとり一切を話した。

「恐らく、犬神の五郎兵衛の手下どもでしょうね」

新九郎が言った。そして、

「引き廻しを付けていた不審な男二人というのは、そいつらかもしれません」

「藤蔵の下っ引きが付けたんじゃなかったのか」

「それが、付け始めてすぐに見失ったと、萎《しお》れた様子で戻って来ました」

もう一人の男を付けた堀留の目明かしも、筋違御門《すじかいごもん》近くで見失ったと新九郎が付けくわえた。

「やつら盗賊は、我々以上に江戸の道筋を知っていますからね」

細く息を吐いた新九郎が、

「奴らが秋月さんに近づいたのは、五郎兵衛が隠した金の在りかを知りたいからですよ」

と、断じた。

「おれが知るわけがない」

「話をしているのを見て、秋月さんが五郎兵衛から何かを聞いたのではと思ったのかもしれません」

六平太は、死を前にしてどんな顔になるのか見てみたいと、五郎兵衛の神経を逆なでするようなことを口にしたことは覚えていた。

あとは、それこそ紅葉の名所のことぐらいだ。

六平太が、小さく首を捻って表に眼を転じた。

いつの間にか雨が上がっていた。

「金で思い出しました」

新九郎が、懐から出した半紙を二つに畳んで、その上に一朱銀を置いた。

「些少《さしょう》ですが、引き廻しの付添い料ということで」

新九郎が、申し訳なさそうに頭を下げた。

「遠慮なく」

銀を摘《つ》まんで、六平太が袂に落とした。

「秋月さん、竹竿売りを覚えてお出でですね」

新九郎が口にしたのは、四谷で五郎兵衛の腕を刺した塩問屋の倅のことだ。

「本来なら江戸払《ばらい》のところ、情状を汲んで『叱《しか》り』で解き放ちとなりました」

お前のせいだ、五郎兵衛に恨みの言葉を投げかけた倅の顔を六平太は思い出していた。

「打ち首を前にして、五郎兵衛はどんな顔をしていたのかねぇ」

六平太が、ぽつりと洩らした。

「土壇場に引き据えられた時には、既に眼隠しがされて、顔は窺えませんでした」

「その場に立ち会ったのか？」

「五郎兵衛の首を刎ねたのは、わたしです」

新九郎が、神妙な顔で小さく頷いた。

六平太には思いもよらないことだった。

「五郎兵衛は、首を突き出して一言、こう言いましたよ。――頭一つ分、身軽になるな、と」

六平太の脳裏に、その光景が浮かんだ。

五郎兵衛はどんな思いでそのことを口にしたのだろうか。

虚勢を張ってのことか、肩の力が抜けきってのことだったのだろうか。

「わたしはそろそろ」

新九郎が腰を上げた時、戸口に人影が立った。

「お客様でしたか」

畳んだ傘を手にした博江だった。

「佐和さんが、元旅籠町《もとはたごちょう》の『斉賀屋』でお待ちでして」

博江は、奉公している代書屋の名を口にした。

「矢島さん、ともかく表まで一緒に」

事情が分からないまま、六平太は新九郎に続いて土間に下りた。


浅草御蔵へ通じる道に、雨上がりのひんやりとした風が吹いていた。

鳥越明神横の小路を出ると、

「わたしはここで」

新九郎が、六平太と博江に一礼して甚内橋《じんないばし》の方へと去った。

「それで、佐和がどうして『斉賀屋』に」

歩き出すとすぐ、六平太が不審を口にした。

「先ほど、佐和さんが見えまして、市兵衛店には顔を出しにくいので、兄上を呼んで来てほしいと」

六平太が小首を傾げながら、博江と並んで御蔵の方へと歩いた。

浅草御蔵前の通りは、浅草へも通じている。

市中引き廻しについて歩いた六平太が、二日前に通った道筋である。

「どうぞ」

博江が先立って、六平太を代書屋『斉賀屋』の中に招き入れた。

さほど広くない土間に立つと、板張りの文机《ふづくえ》で墨を磨っていた主《あるじ》の梶兵衛《かじべえ》が目顔で頷いた。

「博江さん、申し訳ありませんでした」

土間の框に腰掛けていた佐和が、立ちあがって声を掛けた。

笑顔を向けた博江はすぐに板張りに上がり、文机についた。

「込み入ったお話なら、奥をお使いになっても構いませんが」

「いいえ。それほどのことではありませんので」

梶兵衛に会釈した佐和が、

「こちらへ」

六平太を土間の隅に誘った。

「なんなんだ」

「実は昨日、お常さんが聖天町に来たんです」

市兵衛店の大工、留吉の女房のことだ。

聖天町の家には、丁度、音吉もいたという。

「お常さんがなんでまた」

六平太が、思わず声をひそめた。

「お常さん、家に上がるなり音吉さんとわたしに、亭主のことではご迷惑を掛けましたと、手を突いたのよ」

「留吉を一晩泊めた、その礼だな」

「いいえ」

佐和が首を振った。

「犬神様に取り憑かれたなんて、うちの亭主の嘘に付き合っていただいて、留吉はつくづく幸せ者です」

お常がしみじみと口にしたという。

佐和も音吉も、嘘ではないと言ったのだが、お常はただ微笑んでいた。

「お常さん、犬神の話が嘘だと気付いていたのか」

「そうとしか」

佐和が、頷いた。

「気付いて居ながら、留さんやおれの嘘に乗ってやったってことか」

「えぇ」

吐息をついた六平太が、少し髭の伸びた頬をざらりと撫《な》でた。

代書屋『斉賀屋』の表で佐和と別れた六平太は、そのまま市兵衛店に戻って来た。

すっかり雨の上がった木戸の辺りに、薄日が射していた。

「雨で仕事が無いからって、家ん中でごろごろされちゃ目ざわりなんだよ」

足を踏み入れた途端、家の中からお常の怒鳴り声が路地に木霊した。

「金もねぇのにどこへ行けって言うんだよ」

言い返したのは留吉だった。

「犬神でも探し出して、持って行かれたお金を取り返して来りゃいいだろうっ」

「ばかやろっ、もう一遍酔っぱらわなきゃ犬神様は取り憑いちゃくれねぇよぉ」

「都合のいいこと言うんじゃないよ」

六平太は、足を忍ばせて留吉の家の前を通り過ぎた。

「じゃぁ取り返してやるから、おめぇ犬神をおれの前に連れて来い」

「居場所を言ってくれりゃ、連れて来てやるよ」

「おめぇがのこのこ出掛けたら、恐れをなして犬神の方が逃げらぁ」

「なんだって！」

留吉とお常の怒鳴り合いはやみそうにもなかった。

六平太はこそこそと家に入ると、そっと戸を閉めた。

第二話　宿下がりの女

一

秋月六平太《あきづきろっぺいた》が染井《そめい》に足を踏み入れたのは、久しぶりのことだった。

日が昇って間もないというのに、お薬園、藤堂《とうどう》家下屋敷周辺の畑地には人が列をなしていた。

夜露に濡《ぬ》れた花が一番だという好き者もいて、染井一帯は日の出前から人が詰めかける菊の名所である。

「おっ母《か》さん、ほら、もう柿《かき》の実が色づいてる」

立ち止まった登世《とせ》が、路傍の柿の木を指さした。

「ほんとねぇ」

見上げたおかねが、感心したようにうんうんと頷《うなず》いた。

「九月九日は、木場《きば》の『飛騨屋《ひだや》』さん母娘《おやこ》の菊見の付添いです」

口入れ屋『もみじ庵《あん》』に頼まれていた六平太は、今朝早く日暮里《にっぽり》に行って、『飛騨屋』の別邸に泊まっていた内儀《ないぎ》のおかねと娘の登世を案内して来た。

付添い稼業の六平太にとって、材木商『飛騨屋』の母娘は上得意である。

六平太に声が掛かるのは、何も付添いに限ったことではなかった。

深川で祭があれば、「お出《い》でになりませんか」と酒宴にも招いてくれる。

納涼の船を仕立てる時も声が掛かる。

事のついでにぶらりと『飛騨屋』に立ち寄れば、〈煙草銭《たばこせん》〉までくれる。

そんな交誼《こうぎ》が続いて、かれこれ五年以上になる。

染井には多くの植木屋があって、春は桜、秋は菊見の人々で賑《にぎ》わう。

植木屋はそれぞれ、丹精した菊を敷地に並べて、訪れた人の眼《め》に供する。

植木屋に向かう人、出てくる人で、畑地を巡る道は肩も触れんばかりに混みあっていた。

「あそこに入りましょう」

六平太が先導して、登世とおかねを一軒の植木屋に引率した。

「助六《すけろく》がいるわよ」

登世が感嘆の声を上げた。

「あれは半四郎《はんしろう》よね」

おかねが、あらぬ方を見て役者の名を口にした。

園内には、菊の花をちりばめて作った歌舞伎《かぶき》芝居の一場面や、役者を模した菊人形が立ち並んでいた。

千石、駒込《こまごめ》、染井では、菊を富士山や船などの形に育てる、形造りに人気があった。

植木屋の庭を三か所ばかり見て回った後、『飛騨屋』の母娘と六平太は、真性寺《しんしょうじ》門前の茶店《ちゃみせ》に腰を落ち着けた。


「秋月様、ちゃんと衣替えをなすったんですね」

一口茶を飲んだおかねが、六平太の着物に眼を留めた。

「いったいどなたが縫い直して下すったの？」

登世が悪戯《いたずら》っぽい笑みを向けた。

「こんなことやってくれるのは、妹くらいのもんですよ」

急ぎ握り飯を飲み込んだ六平太が、答えた。

日は大分昇っていたが、客で一杯の茶店の床几《しょうぎ》は日陰になっていて涼やかである。

六平太が着ている着物は、妹の佐和《さわ》が綿入れに縫い直して、昨日、市兵衛店《いちべえだな》に届けてくれた中の一枚だった。

佐和は、着物と一緒に菊の花も置いて行ってくれた。

菊は不老長寿によいとされ、将軍家はじめ、武家では重陽《ちょうよう》に菊酒を飲む習わしがあった。

六平太の父が存命中は、秋月家でも菊酒を飲んだ。

父の死後、浪々の身となった六平太が、父の後妻多喜《たき》と連れ子の佐和の三人で借家住まいとなってから、その習わしは途切れた。

「人の女房になった佐和さんに、いつまでも頼っていてはいけないわ。ねぇ、おっ母さん」

草餅《くさもち》を頰《ほお》ばった登世が、おかねを見た。

「妹さんは苦にしておいでじゃないのよ」

おかねの言うとおりだった。

「乳飲み子の世話もして、火消しの女房のつとめの傍ら、秋月様の面倒までみるというのは難儀なことだわ」

登世の言うことも、もっともだった。

嫁いでからもなにかと気遣う佐和には、六平太は頭が上がらない。

「秋月様は、ご妻女を迎えるべきだわ」

さらりと、登世が言いきった。

「こんなわたしの所に来る女などいませんよ」

六平太の正直な思いだった。

「いいえ。居るわ。ほら、おっ母さんも会ったことのある、蔵前《くらまえ》の代書屋の」

「あぁ」

おかねが大きく頷いた。

「確か、博江《ひろえ》さんと仰《おっしゃ》ったわね」

登世が、六平太に眼を転じてにこりと笑いかけた。

「いやいや、あの人はそういうあれではないのですよ」

「だったら、これからお考えになるべきだわ。ねぇ」

登世が同意を求めると、

「お似合いかもしれないわねぇ」

おかねまで眼を輝かせた。

博江が六平太に思いを抱いている。——六平太は以前、登世にそう言われたことがある。

六平太と博江を娶《めあわ》せようとはしゃぐ母娘は、無邪気だった。

良い人たちだが、時に鬱陶《うっとう》しいこともあった。


例年通り、秋は付添い屋の書き入れ時である。

朝餉《あさげ》を摂《と》って家を出た六平太は、神田へと急いだ。

昨日、『飛騨屋』の母娘を木場に送り届けて元鳥越《もととりごえ》に戻ると、「明日、お出で願いたい」と、口入れ屋『もみじ庵』からの伝言があった。


「秋月だが」

『もみじ庵』の障子戸を開けて土間に入ると、

「先日いらした時に言うのを忘れていたことがあります」

帳場で茶を啜《すす》っていた親父《おやじ》の忠七《ちゅうしち》が、湯呑《ゆのみ》を脇に置いた。

「今月の初め、市中引き廻《まわ》しがあった日ですよ。夕方、秋月さんが立ち寄られたすぐ後に、三十ばかりの男が来たんですよ」

男の身なりも物言いも柔らかくはあったが、素っ堅気とは思えなかったと忠七が言った。

「いま、こちらを出たご浪人に昔世話になったことがあるんだが、名前も住まいも忘れましてね」

男にそう聞かれて、忠七は素直に六平太の名と住まいを教えたという。

六平太は、忠七の言う男の人相風体に心当たりはなかった。

引き廻しの日、『もみじ庵』からの帰り、神田川で声を掛けて来た男二人とは別人と思えた。

「呼び出しのわけはそのことだけか？」

六平太の当てが外れた。

「いいえ。仕事もちゃんとありますよ」

忠七が、目尻《めじり》を下げた。

『もみじ庵』が奉公人を斡旋《あっせん》している新川の味噌《みそ》問屋、『出羽屋《でわや》』の娘の付添いだった。

つい最近、奉公していた武家屋敷から暇を取って宿下がりをしたのだという。

二日ほど前、娘が日本橋に買い物に行った帰り、笠《かさ》を被《かぶ》った侍が付けて来るのに気付いた。

小路《こうじ》を幾つか曲がってみたが、笠の侍は娘の後をしつこく付けて来たという。

機転を利かせた娘は、自身番《じしんばん》に駆け込んで事なきを得ていた。

「『出羽屋』の旦那《だんな》夫婦は心配しましてね、娘さんが外出するときの用心にと、付添いをお望みでして」

忠七が、上目使いで六平太を見た。

「先方へ行って、話を聞いてからのことだな」

六平太が答えた。


日本橋と京橋の東、大川に面した一帯を新川と呼ぶのだが、町名ではない。町々の真ん中を流れる新川にちなんだ通称である。

味噌問屋『出羽屋』は、四日市町《よっかいちまち》にあった。

酒や醤油《しょうゆ》などの問屋が軒を並べているが、南側には松平越前守《まつだいらえちぜんのかみ》の下屋敷、御船手《おふなて》組《ぐみ》の屋敷もあった。

六平太が堀沿いの道を歩いていると、船荷を揚げ下ろしする光景がそこここで見られた。

この辺りは堀が縦横に走り、海運業も盛んであった。

船人足たちの威勢のいい声が、堀の水面でぶつかり合っていた。

六平太は『出羽屋』の裏手に回り、勝手口から母屋に入った。

口入れ屋『もみじ庵』から来たと言うと、応対に出た女中の案内で縁側の部屋に通された。

「『出羽屋』の主《あるじ》、九兵衛《くへえ》でございます」

ほどなくして現れた、五十ばかりの男が六平太に会釈した。

一緒に来た、二十二、三の娘が、九兵衛の横に控えた。

「これは、娘の寿美《すみ》と申します」

寿美と呼ばれた娘が、両手を膝《ひざ》に置いて上体を六平太に向けて軽く折った。

武家の娘のような、堅苦しい仕草である。

萩《はぎ》の模様をあしらった一斤染《いっこんぞめ》の着物が若さを匂《にお》わせていた。

「『もみじ庵』の忠七さんから話は――」

九兵衛が六平太に問いかけた。

「おおよそのことは聞きましたが、娘さんは侍に付けられる心当たりがあるのかな」

「心当たりは、ございません」

蚊の鳴くような寿美の声だった。

六平太の方を見ることなく、俯《うつむ》きがちながら背筋をぴんと伸ばしていた。

「武家屋敷に奉公していたと聞いたが」

六平太は、寿美に声を掛けた。

「大身《たいしん》の旗本家の、お抱え屋敷でしたが、十日ほど前、お暇をいただきまして」

寿美に代わって、九兵衛が答えた。

きにくそうだ。躾《しつけ》が良いと言えば良いのだが、寿美は色づく前の青い柿の実のようで、少々とっつきにくそうだ。

「それで、付添いをするとすれば、いつ」

「これの妹が、近々友達と連れだって芝居見物に行くことになっているのですが、帰る早々災難に遭った姉を元気づけようと、芝居には寿美も連れ出そうというのです」

九兵衛の顔に、ありありと不安の色が浮かんでいた。

「妹が、どうしてもというものですから」

俯いたまま、寿美が小声で囁《ささや》いた。

寿美一人では気詰まりだろうが、妹も一緒なら気楽かもしれない。

六平太は、付添いを請け合った。

川上から吹きつける風は、涼味どころではなく、冷たかった。

大川を遡《さかのぼ》る荷船の舳先《へさき》に乗った六平太が、思わず襟元を掻《か》き合わせた。

日増しに秋が深まっていた。

『出羽屋』を辞する時、元鳥越に戻ると言うと、

「浅草に行くうちの船に乗ってお行きなさい」

九兵衛に勧められたのだ。

その上、土産の味噌を一斤《きん》（約六百グラム）、風呂敷《ふろしき》に包んで持たせてくれた。

「旦那、そろそろ着きますぜ」

若い船頭が、漕《こ》いでいた櫓《ろ》を置いて棹《さお》に持ち替えた。

荷船は浅草御蔵《おくら》近くの河岸に横付けされた。

「ありがとよ」

声を掛けて、六平太が岸に移った。

棹を突いて岸辺から船を離すと、船頭は櫓を握り、馴《な》れた手つきで川上へと船を向けた。

船頭の熟練の腕に見入っていた六平太は、元鳥越へと身を翻した。

鳥越橋の辺りでふと足を止めた。

代書屋に奉公する博江の退《ひ》け時は過ぎた時分である。

六平太は思い切って、鳥越橋に近い伝助店《でんすけだな》へと向かった。

平屋の三軒長屋が、路地を挟んで二棟あった。

「あら」

路地で七輪に火を熾《おこ》していた顔見知りのおかみさんが、笑みを向けた。

急ぎ通り過ぎると、六平太は一番奥の博江の家の表に立った。

「秋月ですが」

俎板《まないた》を叩《たた》く包丁の音が止《や》んで、中から博江が戸を開けた。

「実は、仕事先から味噌を貰《もら》って来たのですが、わたし一人の分量としては多いので、お分けしようかと」

ああ、というように頷いた博江が、

「でも、わたしだけ頂いてもよろしいのでしょうか」

「市兵衛店のみんなに分けてもいいが、ほんの僅《わず》かずつにしかなりませんので」

六平太が、手にした風呂敷包を持ち上げた。

「では遠慮なく」

博江が、戸を大きく押し開けた。

土間に足を踏み入れた六平太が風呂敷包を解くと、味噌の匂いがぷんと広がった。

「少なくなっていましたので、助かります」

博江は、流し近くの棚から飴色《あめいろ》の小さな壺《つぼ》を下ろした。

「混ぜてもいいので」

「味噌は合わせると美味《おい》しくなります」

博江は、『出羽屋』の味噌をしゃもじで掬《すく》い、壺に入れた。

「これで充分です」

二回だけ掬い入れた博江が壺に蓋《ふた》をした。

「秋月様は、夕餉《ゆうげ》はどうなさいますので？」

六平太が持ってきた風呂敷を結び直しながら、博江が聞いた。

「いやまだ、これと決めては――」

「わたしは作りかけたばかりですから、もう一人分くらい何とかなりますが」

博江が、切りかけの大根の載った俎板に眼を遣《や》った。

「いやいや、有難いが、生憎留吉《あいにくとめきち》と『金時《きんとき》』に行くことになってまして」

丁寧に頭を下げると、風呂敷包を受け取った六平太は急ぎ路地へと出た。

二

新川の『出羽屋』に出向いてから三日が経《た》っていた。

六平太が葺屋町《ふきやちょう》の芝居茶屋に着くと、昼間顔を合わせた同じ女中が二階の部屋へと案内してくれた。

「もうすぐ舞台が跳ねますから、『出羽屋』のお嬢さん方も間も無くお戻りですよ」

そう言うと、女中が部屋を出て行った。

芝居は朝のうちに始まって、夕方七つ半（五時頃）位に終わる。

障子を開けると、日のすっかり沈んだ家々の屋根に夕闇《ゆうやみ》が迫っていた。

六平太が『出羽屋』の娘たちに付添って芝居茶屋に来たのは昼前だった。寿美の妹、小波《こなみ》が贔屓《ひいき》する役者の出番が午後からだというので、茶屋で昼餉を摂ってからの観劇となった。

寿美と妹の小波、それに小波の女友達を茶屋に送り届けた六平太は、迎えの時刻まで元鳥越の市兵衛店に戻って昼寝をして来た。

夕暮れの迫る屋根屋根の向こうから太鼓の音が届いていた。

芝居が終わったようだ。

六平太が障子を閉めてほどなく、女中に伴なわれた寿美と小波が入って来た。

「お二人だけですか」

「文乃《ふみの》ちゃんは芝居を見るだけだったの。迎えの人が来て茶屋の表で別れたばっかり」

小波が、はきはきと答えた。

文乃というのが小波の友達で、『出羽屋』に近い南新堀町《みなみしんぼりちょう》の油屋の娘だった。

「お食事は次の間に用意してありますので」

女中が立って、既に膳《ぜん》の並んだ次の間に三人を案内した。

姉妹が並んで座り、その向かいに六平太が着いた。

「秋月様、ご遠慮なくね」

十八、九と思える小波の方が如才なかった。
「寿美姉さん、お芝居はどうだった?」

食べ始めてしばらくすると、小波が寿美を窺《うかが》った。

「久しぶりで楽しかったわ」

寿美の顔が、心なしか華やいでいた。

「姉さんはね、御旗本のお抱え屋敷に奉公していたのよ」

小波が、六平太に顔を突き出して言った。

「というと」

「ご側室のお屋敷」

小波が声をひそめた。

「お抱え屋敷の側室なら、ご正室に比べて外出は気ままのようだが」

「秋月様はお詳しいの?」

小波が聞くと、寿美まで六平太に眼を留めた。

六平太はかつて、信濃十河藩《しなのそごう》、加藤家《かとう》の江戸屋敷に勤める供番だった。

加藤家の側室の様子は知らないが、付添い稼業を始めてから、大名家の側妾《そくしょう》の住まうお抱え屋敷に足を踏み入れたことがあり、暮らしぶりはおおよそ分かっていた。

女中なら、側室の外出に付いてお屋敷を出られたはずだ。

「お方様がお芝居にお出での時は、芝居小屋に付いて行くのは主だったお女中一人二人で、他の女中はいつも芝居茶屋で待つことになっていました」

寿美が、話らしい話をした。

「他にお屋敷を出る楽しみはなかったの？」

小波が、箸《はし》を止めて姉を見た。

「そりゃあるわ。梅見や藤見《ふじみ》、月見や雪見、それにお寺参りも。月に一度か二度くらいのものだけど」

「わたしにはお屋敷奉公は無理だわ。好きに出歩けない暮らしなんか息が詰まるもの」

妹の物言いに、寿美が小さく苦笑いを浮かべた。

「姉さんはね、十七の時からお屋敷奉公に出たの」

六平太に首を突き出すようにして、小波が言った。

六平太が、改めて寿美を見た。

花の盛りの何年間かをお屋敷奉公に勤《いそ》しんだ寿美は、世の中の面白おかしいことを楽しんでいる妹に比べると、手垢《てあか》が付いていなかった。

未通女《おぼこ》かもしれない。

「しかし、寿美さんはどうして武家屋敷に」

六平太が、好奇心を口にした。

「お父《と》っつぁんが望んだのよ」

どう言おうか首を傾《かし》げた寿美に代わって、小波が口を出した。

味噌問屋『出羽屋』は、姉妹の兄が跡を継ぐことに決まっていた。

あとは娘二人をよい所に嫁がせられるかが、父親の心配の種だった。

「わたしのことはともかく、まずは姉さんを然《しか》るべきところに嫁に出すのがお父っつぁんの腹積もりだったのよ。姉さんが大身の旗本屋敷に奉公したとなると、引く手あまたになるはずだと、そう考えたに違いないわ」

小波は、父親に容赦なかった。

小波の言う通り、商人が娘を武家屋敷に奉公に出す風潮があった。

武家奉公を勤め上げると、娘の価値が上がるという話は、六平太も耳にしていた。

「わたしもいずれ嫁には行くけど、でもそれまではもっといろいろな物を見たいし、箱根《はこね》の湯治にだって行ってみたいわ。だから姉さん、これからはわたしがあちこちに連れ出すわよ」

快活な妹を、寿美が眩《まぶ》しそうに見て、微笑《ほほえ》んだ。

寿美と小波姉妹と六平太は、番頭や女中に送られて芝居茶屋を出た。

辻駕籠《つじかご》を勧められたが、茸屋町から新川は近いと、小波が断った。

寿美が、

「夜の町を歩くのは久しぶり」

小波に同意した。

六つ半（七時頃）を過ぎた町の通りは、昼間に比べると人通りがまばらだった。

小網町《こあみちょう》の川沿いまで行くと、人通りもなくなり、町の明かりも減った。

小波と寿美はこの辺りの道には明るく、六平太の先を行徳《ぎょうとく》河岸へと進んだ。

町の屋並みが切れて北新堀町に向かいかけた時、六平太がふっと足を止めた。

箱崎橋の袂《たもと》に佇《たたず》んでいた人影が眼に留った。

「おれの後ろへ」

六平太が、娘二人の前に出た。

袴《はかま》を穿《は》いた深編笠《ふかあみがさ》の人影が、つつつっと、刀を抜いて六平太たちの方に向かって来た。

抜刀した六平太が立ちはだかると、深編笠は物も言わず大上段から刀を振り下ろした。

ガキッ、六平太が峰で打ち払うと、たたらを踏んで立ち止まった深編笠が慌てて構えを作った。

六平太の太刀捌《たちさば》きが意外だったのか、切っ先を向けたまま肩を大きく動かした。

「物盗《ものと》りか」

六平太が、切っ先を向けたまま口にした。

声に弾《はじ》かれたかのように、深編笠は六平太に向かってやみくもに突きを繰り出した。

深編笠の突きは、背後の娘たちに向けられていた。

突きを避けた六平太が左へ回り込んだ時、動きの遅れた寿美を狙《ねら》って深編笠が刀を振り上げた。

寿美の前に躍り出た六平太が、深編笠の剣を横に払った。

体勢を崩した相手は、構えを整えることも忘れてがむしゃらに寿美へと迫った。

六平太にすれば、隙《すき》だらけの剣法だった。

「タァッ！」

六平太が、剣を突き出して伸び切った深編笠の二の腕に、上段から振り下ろした。

相手の着物がざくりと裂けて、白い腕が見えた。

深編笠はすこしよろけて後退《あとずさ》ると、白刃を手にしたまま駆け去った。

少し斬《き》ったが、深傷《ふかで》を負わせるつもりはなかった。

味噌問屋『出羽屋』の奥座敷は静まりかえっていた。

主の九兵衛は口を半開きにして、襲撃の一件を話し終えた六平太を呆然《ぼうぜん》と見ていた。

横には、圭太郎《けいたろう》という兄が険しい顔で天井を仰いでいた。

「おっ母さんは横になったわ」

入って来た小波が、端座した寿美の隣りに腰を下ろした。

六平太の話を聞いた母親は動悸《どうき》が治まらず、小波に連れられて寝所に引きさがったのだ。

「相手は本当に、寿美を狙ったのでしょうか」

圭太郎が、身を乗り出して六平太を見た。

「わたしにはそう見えました。顔形は見えなかったが、間違いなく侍です」

六平太が、頷いた。

「この前、日本橋の帰りに付けられたっていう侍かしら」

「どうなんだ？」

小波の問いかけを引き継いだ圭太郎が、寿美を見た。

「その時のお侍をちゃんと見たわけではないけど、似ていたような気も――」

低く口にした寿美が、ぼんやりと首を捻《ひね》った。

「寿美姉さんが関《かか》わりのある侍って言ったら、この前まで奉公してたお屋敷の侍くらいしかないいんじゃないの」

小波が言ったが、寿美はただ、首を左右に傾げただけだ。

寿美が奉公していたのは、二千三百石の旗本、宮川主水《みやがわもんど》の抱え屋敷だった。

麻布坂下町《あざぶさかしたちょう》の屋敷には、主水の側室、三津《みつ》の方《かた》が住んでいた。

「抱え屋敷に出入りする、わたしの知り合いの呉服屋の主人に勧められまして、寿美を奉公に出したようなわけで」

「奉公する女中が長続きしないで困ってると聞かされたようなんです」

九兵衛の後を引き継いで、圭太郎が言った。

「でも、どうして姉さんが刀を向けられるの？」

小波の問いかけは、六平太の疑問でもあった。

「心当たりはないわ」

ため息をついて寿美が項垂《うなだ》れた。

「だけど、お屋敷で奉公していると、自分では気付かなくても、何か知らず知らず不始末をしでかすということも」

「それはあんまりよ、兄さん」

小波が窘《たしな》めた。

「いや、圭太郎が言うのも一理ある。どうなんだ寿美」

兄と父に迫られた寿美が、唇を嚙《か》んで眼を潤ませた。

圭太郎の言い分は尤《もっと》ものことだったが、六平太はそのことに触れず、

「寿美さんは、年季が明けての宿下がりだったのかな」

着物の袂《たもと》で眼の辺りを押さえていた寿美が、首を小さく横に振った。

「お約束の期日まであと三月《みつき》ばかりあったのですが、早めにお宿下がりを願い出てくれと言って来たものですから」

九兵衛が言い添えた。

「なにか、わけでも？」

六平太の問いかけに、ふっと顔を上げた寿美が物言いたげにした。が、ゆっくりと首を左右に振った。

「妹は昔から内気と言いますか、世馴れていません。余所《よそ》で、ましてや武家屋敷の奉公にやるなど土台無理だったのですよ」

「そうよ。それをお父っつぁんが」

圭太郎と小波に責められて、九兵衛が大きくため息をついた。

「今夜のこともあります。当分、外出は控えることですね」

先刻の深編笠は『出羽屋』近辺にまで現れた。

待ち伏せしていたことを考えれば、寿美が通る道筋を熟知しているはずだ。

「ですが、明日、下谷《したや》の本性寺で先代の七回忌の法事がございまして」

九兵衛が、六平太に膝を向けた。

「その時も秋月様に付添っていただけばいいのよ。剣術もお強いのよ」

有無を言わさぬ小波の口調だった。

「『もみじ庵』の忠七さんにはわたしから言っておきますが、秋月様、お願い出来ましょうか」

九兵衛が手を突いた。

六平太は、事の始末を見届けたくなっていた。

『出羽屋』の先代の七回忌が執り行われる本性寺は、下谷広小路《したやひろこうじ》にほど近い所にあった。

六平太が、九兵衛夫婦、圭太郎、寿美と小波姉妹に付添って、本性寺に送り届けたのは四つ（十時頃）時分だった。

本堂に参集したのは『出羽屋』の親戚《しんせき》、先代の友人、知人ら総勢二十人ばかりである。

法要の間、六平太は境内の鐘楼で待った。

境内の隅に聳《そび》える楠《くすのき》を見上げた六平太が、町家の屋根屋根の先にこんもりと茂る小山に眼を留めた。

いくつかの寺院の屋根や塔が見え隠れしているところを見ると、東叡山《とうえいざん》であろう。

『おめぇ、紅葉の名所をつらつら並べていたが、下谷にゃ正燈寺《しょうとうじ》のほかにも名所はあるんだぜ』

六平太の耳に、盗賊、犬神の五郎兵衛《ごろべえ》の言葉が蘇《よみがえ》った。

『上野山内の紅葉も恐れをなすくれぇの代物だぁ。東叡山寛永寺の大屋根も、首を伸ばして下谷の方を覗《のぞ》くってくらいのもんだ。付添い屋だなんぞと抜かすのなら、よぉく覚えておくこった』

東叡山を見ながら不思議な因縁を感じていた六平太の思いは、本堂で鳴った鉦《かね》の音で立ち消えた。

『出羽屋』の先代の法要が済むと、十五人ばかりに減った参列者が、本性寺を後にした。

池之端黒門町の料理屋『満寿家《ますや》』にお斎《とき》の席が設けられているという。

六平太は、小波と並んで行く寿美のすぐ後ろに続いた。

「この辺りは、お方様のお供で何度か来たことがあるわ」

小波に言うと、寿美が辺りに眼を遣った。

「寛永寺に？」

「湯島天神や根津の権現様にも」

「それに姉さんも付いて行くの？」

「お参りはお方様お一人のことが殆《ほとん》ど。女中や警護の方々は不忍池《しのばずのいけ》近くの料理屋で待つことになってたわ」

小波に話す寿美の声が、六平太に届いた。

三橋《みはし》を渡って下谷広小路を不忍池に曲がった時、寿美の足がふっと止まった。

「先月、あの料理屋でお方様を待ったわ」

不忍池の池番小屋の向かいに、料理屋『満寿家』の看板を掲げた豪壮な二階家があった。

「わたしたちがこれから行く料理屋が、あそこよ」

「小波、先に行ってて。わたし、秋月様とちょっと話があるから」

寿美が、六平太を振り向いた。

「お父っつぁんたちにそう言っておく」

小波が、先を行く九兵衛や圭太郎の方に向かった。

一行から離れた寿美が、六平太の先に立って三橋を戻った。

寿美が足を止めたのは、仁王門前町の屋並みが切れた不忍池の畔《ほとり》だった。

「秋月様、あの建物は、なんなのでしょう」

寿美が、不忍池の畔沿いに伸びる谷中道をそっと指した。

池側に軒を連ねている建物のことである。

「出合茶屋だが」

「それは、茶屋なのですか」

寿美が、真顔で六平太を見た。

「茶屋とはいうが、それは表向きで、周りを憚《はばか》る男と女が密《ひそ》かに逢瀬《おうせ》を楽しむ部屋が
出合茶屋にはあって、つまり」

六平太の話の途中で、寿美が、「あぁ」という風に口を開けた。

「あの出合茶屋がなにか」

六平太が聞いた。

大きく息を吸った寿美が、

「八月の末、お方様のお寺参りについて来た折り、わたしたちが待っていた料理屋が
あそこに見えます」

寿美が指をさした先に、お斎の席が用意されている『満寿家』の二階が望めた。

「不忍池に初めて来たので、ほんの少し歩いてみようとこの先まで来たのです」

寿美が、軒を並べる出合茶屋の方を指さした。

「その時、辻駕籠が止まっていた出合茶屋の玄関から、お抱え屋敷のお納戸役《なんどやく》、原沢《はらさわ》

様が出て来て、急ぎ歩き去って行くのを見かけたのです」

寿美が、小さく息を吐いた。

怪訝《けげん》に思いながら料理屋に戻りかけた寿美を、辻駕籠が追い抜いて料理屋の前で止まった。

「駕籠から下りられたのは三津の方様でした。それも、出合茶屋の前で待っていた同じ駕籠かきが担いでいたのです」

寿美が言い終わった時、出合茶屋の方から来た男と女が、付かず離れず密やかに通り過ぎた。

思わず頰を染めた寿美が、眼を逸《そ》らした。

三津の方とお納戸役の原沢がなんのために出合茶屋を使ったか、寿美は得心がいったようだ。

「秋月様、わたしが早めのお宿下がりを願い出たのは、お屋敷の様子に嫌気がさしたからなのです」

寿美が肩で息をした。

この半年ばかり、寿美を見る原沢の眼付きが気になっていたという。

ほかの女中の眼を盗んで、原沢は櫛《くし》や半襟を寿美に押しつけた。

夜、屋敷の蔵に呼び出された時は、いきなり身八つ口《みやぐち》から手を差し込まれた。

そんな原沢の振る舞いが度重なって、寿美を憂鬱《ゆううつ》にしていた。

「しかしそれは、惚《ほ》れられたということでしょう」

「いいえ」

首を横に振った寿美が、

「三津の方様とお納戸役の原沢様の間には、前々からただならない様子があったのです」

声をひそめた。

お納戸役は原沢勝弥《かつや》といい、三津の方に呼ばれれば昼夜を問わず馳《は》せ参じたという。

原沢が三津の方の部屋に来れば、お付きの女中は半刻《はんとき》（約一時間）ばかり外に出された。

廊下や渡り廊下で二、三度待たされた頃、寿美はやっと、人を部屋に近づけないための見張りをさせられていたのだと、感じた。

側室とお納戸役の間の秘め事に確信はないものの、寿美はおぼろげに嗅《か》ぎ取っていた。

「長年奉公しているお女中がこそこそ話していたのを聞いて、あのお屋敷に居るのが、恐《こわ》くなったのです」

寿美が大きく息をした。

原沢が部屋に呼ばれるようになる前は、岩城《いわき》という家臣が三津の方の部屋に呼ばれていたのを、奉公を始めたばかりの寿美も一、二度見掛けていた。

お納戸役だった岩城は、三、四年前、お抱え屋敷の用人《ようにん》へと出世した。

「用人になったのは、お方様のご寵愛《ちょうあい》を受けていたからよ」

女中の一人が密やかに口にしたのを寿美は聞いていた。

「原沢様もいずれは用人におなりだわ」

そう言って、女中たちは声をひそめて笑った。

「秋月様から出合茶屋の話を伺って、もやもやしていたことがやっと腑《ふ》に落ちました」

寿美が、池の水面《みなも》に眼を遣った。

「不忍池で側室とお納戸役を見たことを、誰かに話しましたか」

六平太の問いに、寿美が思案するように首を傾げた。そして、

「原沢様に申し上げました」

六平太は、声を失った。

屋敷から暇を取る日の朝、屋敷の門を出た寿美を原沢が追って来たという。

「これからは屋敷の外で会ってくれないか」

原沢に迫られた寿美は、

「不忍池の池にはなんのご用で」

咄嗟《とっさ》にその言葉を口にした。

すると、原沢は非常にうろたえた。

「原沢様を少しうろたえさせてやりたい気持ちもあったのです」

お納戸役は、お方様の身の回りの物を調達するのが役目で、外出のお供をすることはなかった。

顔をひきつらせた原沢は急ぎ踵《きびす》を返し、寿美はそのままお屋敷を後にした。

それが半月ほど前のことだった。

「姉さん、みなさんお待ちよ」

池番小屋の方から、小波が下駄を鳴らして現れた。

「秋月様も早く」

小波に促された六平太が、寿美と小波の後に続いた。

六平太の口から小さなため息が洩《も》れた。

寿美は、虎《とら》の尾を踏んだのかもしれない。

三

麻布善福寺の境内に立つ大木の葉が、昼の日を浴びてさやさやと鳴っていた。

六平太は付添いの行き帰りに何度か通ったことがあった。

旗本、宮川主水の抱え屋敷は善福寺からほど近い坂下町にあった。

六平太が、通りすがりの態《てい》で屋敷の門前を通り過ぎた。

抱え屋敷はいわば私邸である。豪壮な門構えではなかった。

六平太は、善福寺門前近くに引き返し、蕎麦《そば》屋の暖簾《のれん》を割って入った。

「ここですよ」

奥の席に掛けていた熊八《くまはち》が、片手を上げた。

「早かったな」

六平太が熊八の向かいに腰を下ろした。

「思ったよりあっさり借りられましてね」

熊八が、一冊の『武鑑《ぶかん》』を六平太の前に置いた。

昨日、『出羽屋』の法事に付添った六平太は、寿美が襲われた一件の背景に不穏な動きを感じていた。

「熊さん、どこかで『武鑑』が手に入らねぇものかね」

六平太が頼んでいたものだった。

『武鑑』には諸国大名家、旗本家の役職、家族構成などが記されていた。

六平太が二人分の盛り蕎麦を注文するとすぐ、

「たしか、旗本の宮川主水のことでしたな」

熊八が、『武鑑』を開いて見せた。

「若年寄支配、小姓組組頭とあります」

屋敷は神田橋御門外錦小路《にしきこうじ》にあり、下屋敷が早稲田馬場下町《わせだばばしたちょう》、抱え屋敷が赤坂一ツ木と麻布坂下町にあることが記されていた。

「小姓組組頭ということは、いずれ番頭となり、さらに出世すれば、遠国奉行《おんごくぶぎょう》、勘定奉行、町奉行にもなれる家柄ですな」

熊八が感心して腕を組んだ。

「麻布の抱え屋敷の事はこと細かには載ってねぇな」

「『武鑑』にはそこまでは載りますまい」

熊八が呆《あき》れたように六平太を見た。

「おれは、麻布の抱え屋敷のことを知りたいんだよ。側室のこととか、屋敷の中のことをさ」

「それでしたら、屋敷に出入りする商人に聞くに限ります」

「それを、熊さんに頼めるか」

「わたしはそういうことは得手ではありません。ですが、仲間の中には人を誑《たら》すことに妙に長《た》けてる者が何人かおります」

熊八は江戸をくまなく歩き回る大道芸人である。路上に零《こぼ》れた些細《ささい》な出来事を、普段から見聞きしていた。

熊八が、仲間に頼んでやると請け合ってくれた。


麻布から元鳥越へ帰る途中、六平太は味噌問屋『出羽屋』に立ち寄った。

寿美に聞きたいことがあった。

「こちらへ」

取り次ぎを頼んだ女中が戻って来て、六平太を座敷に案内した。

「なにかお話とか」

すぐに座敷に現れた寿美が、六平太の顔を窺った。

「芝居の帰り、箱崎橋で刀を向けた編笠の侍に似た者がお屋敷に居なかったかねぇ」

六平太は努めて静かに聞いた。

「女中のお勤めはもっぱら奥でして、家士《かし》の皆様とお会いすることは滅多《めった》にないのです。ただ、お方様の外出の折りは、乗り物の警護に付添う徒《かち》の皆様をお見かけします。似たようなお身体《からだ》付きの方も何人かおいでででしたが、それが、どなたかまでは——」

寿美が小首を傾げた。

「側室には、月々決まった外出があるのかねぇ」

六平太が尋ねると、

「時節時節には必ずありました。この九月でしたら」

言いかけて寿美が思案するように遠くを見ると、

「お方様の月見は今夜だと思いますが」

この日は十五日である。

「夕刻、品川の決まった料理屋で夕餉を済ませると、皆で御殿山に行って月見の宴《うたげ》を開くのです」

「皆というと」

「お付きの女中も警護に付いたお屋敷の徒侍も、それに用人の岩城様も」

六平太は、その陣容を見ておきたかった。

北品川、東照宮稲荷《いなり》門前の料理屋『清辰《きよたつ》』一帯は夕闇が濃くなっていた。

秋の日は釣瓶《つるべ》落としという通り、『清辰』の玄関の門灯には既に灯《ひ》が入っていた。

夏ならばまだ明るい時分である。

六平太は、居酒屋で猪口《ちょこ》を口に運びながら、細目に開けた障子から見える『清辰』の玄関を窺っていた。

寿美から聞いた、側室、三津の方行きつけの料理屋である。

『出羽屋』で寿美の話を聞いた六平太は、その足で品川にやって来た。

一旦《いったん》市兵衛店に戻って着替えをと迷ったが、品川行きに気が逸《はや》った。

半刻（約一時間）前、麻布の抱え屋敷の一行が『清辰』に入るのを六平太は見ていた。

玄関前に着けられた乗り物から下りた女を眼にしたが、後ろ姿だけだった。

六平太が、田楽や芋煮を肴《さかな》に二本目の銚子《ちょうし》を空にした頃、警護の侍六人ばかりが表に出て来て辺りを警戒した。

その後から、座布団や緋毛氈《ひもうせん》、提重《さげじゅう》を手にした女中四人が表に並んで待った。

抱え屋敷の重臣らしい四十がらみの侍と共に出てきたのが、おそらく三津の方だろう。

乗り物から下りた時に見た着物の柄に見覚えがあった。

料理屋の若い者二人が先に立つと、警護の侍に前後を護《まも》られた一行が動き出した。

「勘定を頼む」

腰を上げた六平太が、居酒屋のお運び女に声を掛けた。

暮れた空に満月が昇っていた。

後の月は過ぎたものの、御殿山は老若男女で賑わっていた。

敷き物に集まって陽気に騒ぐ一団も居れば、弁当を楽しむ家族の姿もあった。

どこからか、三味線の音も聞こえた。

敷き物の間を縫うようにそぞろ歩く者に混じっていた六平太が、ふと足を止めた。

眼の前を遮る物のない海側の縁に、三津の方の一行がいた。

敷かれた緋毛氈の真ん中に三津の方が座り、傍《そば》には年配の侍二人、そして女中たちが控えていた。

警護の侍たちは緋毛氈の外に片膝を突いて、万一に備えていた。

六平太は、十間《けん》（約十八メートル）ばかり離れた松の木の陰から、横顔を見せている三津の方を窺った。

年は三十ばかりだろうか。

顎《あご》が尖《とが》り、鼻梁《びりょう》が高い。

六平太の眼が、警護の侍の一人に留った。

片膝を突いていて背格好は定かではないが、肩の張りや頑健そうな上体は、先夜の深編笠の侍によく似ていた。

二十七、八の彫りの深い顔立ちである。

四半刻（約三十分）ばかり経った頃、腰を上げた三津の方が、迎えに来た料理屋の若い者二人に付添われて月見の場所から去った。

頭を下げて見送ったところを見ると、他の者たちはここに居残るようだ。

六平太は、三津の方の後を付けた。

料理屋の二人に連れられて御殿山を下りた三津の方は、北品川一丁目に架かる橋の袂で足を止めた。

三津の方は躊躇《ためら》うことなく、川岸に留っていた屋根船に乗り移った。

すぐに船頭が棹を差して、屋根船は川を下った。

料理屋の若い者が立ち去ると、六平太は屋根船を追うように川沿いを歩いた。

船は、水路を北へと向かっていた。

先回りをした六平太が品川歩行新宿《かちしんしゆく》と品川洲崎《すさき》を結ぶ橋の上に立つと、間も無く三津の方の乗った屋根船が足下をゆっくりと通り過ぎた。

六平太は、船を追って洲崎へと橋を渡った。

水路沿いの道を進んだ六平太が、弁天社の鳥居の前で足を止めた。

洲崎の先端辺りに来た屋根船が水路の真ん中で錨《いかり》をおろしたのだ。

そこに、一艘《そう》の小船が近づいて屋根船に横付けした。

屋根船の船頭が、心得たように小船に移ると、小船からは侍と思《おぼ》しき人影が屋根船へと乗り移った。

船頭が小船の櫓を漕いで、屋根船から離れた。

屋根船には、三津の方と侍の二人だけになった。

「なるほどね」

腹の中で呟《つぶや》いた六平太から、くしゃみが出た。

海風に吹かれて、身体が案外冷えていた。

屋根船の逢瀬を見届けた六平太はその場を後にした。


品川洲崎から居酒屋に戻った六平太は、熱燗《あつかん》で体を温めながら料理屋『清辰』の玄関を窺っていた。

居酒屋に入って半刻が過ぎたころ、『清辰』の表に乗り物が置かれ、警護の侍や女中たちが待ちかまえた。

四十絡みの侍とともに出てきた三津の方が乗り物の中に消えるとすぐ、『清辰』の連中に見送られて一行が去った。

三津の方はいつの間にか、裏口から『清辰』に戻っていたようだ。

三津の方のそばにつき従っていたのが岩城という用人かもしれない。

「あったまったぜ」

六平太は勘定を済ませると、表に出た。

「ちと尋ねるが」

六平太は、店の中に戻りかけた『清辰』の連中に声を掛けた。

「今出たのは、宮川様のお抱え屋敷の連中じゃないか」

値の張りそうな着物を着た年配の男が、どう返答しようか戸惑うそぶりを見せた。

「いや、乗り物の傍についていた一人が、以前、辻斬《つじぎ》りに遭いそうになったおれを助けてくれた侍に似ていたのでね」

「どなたのことでしょう」

年配の男が、幾分安堵《あんど》したように口を開いた。

「乗り物の右側に居た、彫りの深い侍だが」

「さぁて、わたしは」

首を捻《ひね》った年配の男は、『清辰』の他の連中に眼を向けた。

「旦那様、もしかしたら石見《いわみ》様のことかと」

御殿山から三津の方を北品川の船着き場まで案内した店の若い者が、年配の男に囁いた。

「そうそう。石見殿だ。いやいや、助かった」

軽く手を上げた六平太は、『清辰』を後にした。

翌朝、『出羽屋』を訪ねた六平太は、

「主の九兵衛さんと跡継ぎの圭太郎さんだけに会いたい」

母屋の女中に取り次ぎを頼んだ。

六平太が座敷で待っていると、九兵衛と圭太郎が訝《いぶか》しそうな顔で入って来た。

「わたしどもだけとは、いったい」

九兵衛が、不安そうに六平太を見た。

「寿美さんは、また狙われる恐れがありますよ」

六平太が、単刀直入に言った。

「どこかに、しばらく身を隠したほうがいいように思う」

「それは、あの」

九兵衛がうろたえて六平太に身を乗り出した。

「寿美さんはどうも、側室と抱え屋敷の家臣の密通を知ってしまったようだ」

九兵衛と圭太郎が眼を見開いた。

六平太は、法事の日に寿美から聞いた一件を残らず話した。

寿美の口から、不忍池で見掛けたと聞いた原沢は大いにうろたえたはずだ。

恐らく、三津の方に報告し、屋敷の用人、岩城の耳にも達したと思われる。

屋敷に留《とど》まっていれば〈不始末があった〉という理由で、寿美は亡き者にされていた。

宿下がりの日に口にしたことが幸いだった。

「武家というもんは、屋敷内の秘め事が外に漏れるのを嫌うんだ。いや、命がけで食い止めようとする。芝居の帰り、刀を向けた編笠の侍は、抱え屋敷の命を帯びて寿美さんを斬りに来た刺客《しかく》ですよ」

六平太はその推測に自信があった。

九兵衛と圭太郎父子は、息を飲んだまま身じろぎもしなかった。

「どこかに、寿美さんが身を置けそうなところはないかねぇ」

「ありますっ」

圭太郎が、頭のてっぺんから声を出した。

「ね、お父っつぁん、ほら、青山の長者ヶ原の」

九兵衛がおろおろと頷いた。

そこは、青山大膳亮《だいぜんのすけ》の下屋敷の近くにある『出羽屋』の別邸だという。

「いや、『出羽屋』さんの持ち家では探り当てられる恐れがある」

六平太に言われて、父子が天を仰いで思案に暮れた。

「お父っつぁん、あそこは。ほら、『重松屋《しげまつや》』さんの寮がたしか根岸にあったんじゃなかったかい」

「あぁ」

九兵衛が大きく頷いた。

『重松屋』は南新堀町の油屋だった。

六平太が芝居に付添った時に顔を合わせた、小波の友人の実家である。

「わたしが今日のうちに、『重松屋』さんにお願いに上がります」

九兵衛が六平太に手を突いた。

四

翌朝、日が高く昇っても六平太は布団から起き上がれなかった。

身体中が熱っぽかった。

六平太は昨日、寿美を、『重松屋』の根岸の寮に送り届けた。

早朝、六平太と寿美を乗せた船は、堀を行き交う荷船に紛れて大川へ出た。

山谷堀《さんやぼり》から日本堤《にほんづつみ》へと進み、根岸近くで下りるまで、後を付けて来るような船も人もなかった。

昼ごろ元鳥越に戻った時は少し寒気がする程度だったのだが、居酒屋『金時』で夕餉を済ませて市兵衛店に帰ると、ぞくりとする寒気に襲われた。

自分の唸《うな》り声で夜中に何度も眼がさめて、朝になっても眠気と熱で六平太は朦朧《もうろう》としていた。

雨戸をあける気力もなく、六平太は薄暗い二階の部屋で横になっていた。

「佐和です」

階下で声がしたが、声を出す気力もなかった。

階段を上る足音がして、佐和が顔を出した。

「三治《さんじ》さんが心配して、わざわざ知らせに来てくれたんですよ」

朝方、いつまでも雨戸が開かないからと、三治が様子を見に現れたことは覚えていた。

枕元に座るなり、佐和が六平太の額に掌《てのひら》を当てた。

「熱いわ」

「品川で、海風に当たり過ぎた、ようだ」

やっとのことで声にした。

「聖天町《しょうでんちょう》から熱さましを持って来ましたから、まずそれを飲んで、それから何か少しでも食べないと」

独り言のように言うと、佐和が忙《せわ》しく階段を下りて行った。

うつらうつら眼を開けると、障子を染めた西日が部屋に満ちていた。

恐らく佐和が雨戸を開けたのだろう。

佐和に薬湯を飲まされ、お粥《かゆ》と梅干を食べさせられたことは覚えていた。

汗に濡れた寝巻を着替えさせてもくれた。

「おれはいいから、帰れ」

二階の物干しに洗い物を干し終わった佐和に、そう言ったことまでは思い出したが、あとの記憶がなかった。

六平太は、かなり長い間寝ていたことになる。

「秋月さん、上がるよ」

声がして、大工の留吉の女房、お常《つね》が階段を上がって来た。

「あ、起きてるよ」

お常が、博江と共に入って来た。

「昼前、聖天町に帰る佐和さんから伺いまして」

お常と並んで座った博江が、六平太を覗き込んだ。

「うん、土瓶に水も入ってる。手拭《てぬぐい》もちゃんと枕元に置いて、さすが佐和ちゃんだ、抜かりがないね」

「ええ」

博江が相槌《あいづち》を打った。

「さっき佐和ちゃんに、秋月さんのことはわたしが見るなんて言ったんだけど、博江さんが買って出てくれたんだよ。それで構わないだろう」

「しかし」

六平太が辛《かろ》うじて返事をした。

「お常さんは、そろそろ留吉さんが帰る時分で、なにかと家のことがおありですから」

博江は控えめな物言いをした。

「わたしが出来るのは、せいぜい晩の支度くらいですけど」

「なあにそれで充分だよ。あとは、佐和ちゃんに頼まれてた熱さましを飲ませるだけだから」

お常が博江の後押しをした。

六平太は、遠慮する気力もなかった。

「お帰り」

路地で、大家の孫七《まごしち》の声がした。

「へぇ、秋月さんがぶっ倒れた？」

留吉が素《す》っ頓狂《とんきよう》な声を上げた。

「うちのだよ。じゃ、博江さん後は頼んだよ」

お常が、ばたばたと階段を駆け下りて行った。

一人残った博江が、障子を開けて物干しに出ると、干してあった寝巻を取り込んで来た。

「まだ少し湿ってます」

衣紋《えもん》掛《か》けを見つけて寝巻に通すと、押入の長押《なげし》にぶら下げた。

「雨戸を閉めましょうか」

六平太が、頷いた。

博江が雨戸を立てるごとに部屋から明かりが消えていった。

三枚の雨戸を閉め切ると、部屋が夜のように暗くなった。

「わたしは晩の支度を」

博江が、階下へと下りて行った。

かちかちと火打石を打った博江が、六平太の枕元の行灯《あんどん》に火を灯《とも》した。

「少し眠られましたか」

眼を開けていた六平太を博江が見た。

「いや、昼間寝たせいか、うとうとしたくらいで」

「うどんを煮ましたが、お食べになりますか」

六平太が、頷いた。

「すぐに運びます」

階下に下りた博江が、二度往復して、枕元に土鍋《どなべ》と薬湯の注がれた湯呑を並べた。

「身体を起こせますか」

もそもそと身体を動かした六平太が、布団の上に胡坐《あぐら》をかいた。

博江が、小皿に取り分けたうどんを六平太に持たせ、右手には箸《はし》を持たせた。

六平太は、熱々のうどんを啜《すす》った。

小皿に三杯のうどんで、六平太の腹は充《み》ちた。

「博江さんの夕餉は」

「下に同じものを作ってありますから」

「少し眠くなりました。食べたら、わたしに構わず伝助店に帰って下さい」

頷いた博江が、

「薬湯を置いて行きますので、お飲みになって」

うどんの土鍋を持って、階下に下りた。

薬湯を半分ほど飲んだところで、六平太は眠気を覚えた。

枕に頭を載せると、眼を閉じた。

下から、水の音、茶碗《ちゃわん》の触れあう音がぼんやりと届いていた。


「兄上、兄上」

呼ぶ声がして、六平太が眼を開けた。

眩しい光の中に、佐和と音吉《おときち》の顔が並んでいた。

「朝か」

六平太が呟いた。

「さっき、五つ（八時頃）の鐘が鳴ったわ」

「雨戸を開ける音にも気付かず、義兄《にい》さんよく眠ってお出でデした」

音吉が笑顔を向けた。

「二人してこっちに来て、子供たちはどうしてるんだ」

「畳屋のお初《はつ》さんが預かってくれてます」

佐和の周りには、下駄屋の女房など、世話焼きの女が何人かいた。

「昨日より大分顔色がいいわ」

佐和が呟くと、音吉まで六平太を覗き込んだ。

「そう、じろじろ見るなよ」

笑っていうと、六平太は案外楽に身を起こした。

枕元の土鍋に六平太の眼が留った。

「なんだ、飯まで炊いたのか」

「いいえ。さっき来たら、博江さんが作っていたのよ。お粥」

佐和が蓋を取ると、湯気が立ち上った。

昨夜一旦伝助店に帰った博江が、今朝も来てくれたのだろうか。

「博江さんは心配して、今朝まで下に居たそうよ」

六平太の心中を察したように、佐和が言った。

「おぉ、起きてましたか」

階段の下り口から、熊八が首から上を突き出していた。

「熊八さん、どうぞ」

佐和に勧められて、願人坊主《がんにんぼうず》の装《な》りをした熊八が六平太の傍に座りこんだ。

「昨夜顔を出したんですが、秋月さんはぐっすり眠ってると言うもんですから」

「誰が」

「ほら、代書屋の『斉賀屋《さいがや》』に行ってる、博江さんが」

博江はやはり、夜通しここに居たようだ。

「熊八さん、仕事に出るには遅いようだね」

音吉が言うと、

「秋月さんにちょっと、話がありましてね」

熊八が勿体《もったい》ぶった物言いをした。

「大分いいようで、わたしたちも安心したわ」

音吉と頷き合って、佐和が腰を上げた。

「じゃ義兄さん、わたしらは」

「いつか博江さんにはお礼を言って下さいね」

佐和は言い置いて、音吉の後から階段を下りて行った。

「秋月さん、宮川主水のお抱え屋敷の様子が分かりましたよ」

熊八が声をひそめると、

「秋月さんは、遠慮なくお粥を食べながら聞いて下さい」

「すまん」

六平太は、土鍋のお粥を茶碗《ちゃわん》に取り分けて箸をつけた。

側室の三津の方というのは、元は四百石取りの旗本、河本《こうもと》家の娘だったと、熊八が話し出した。
十三、四年前、三津の方の父親が勘定方の不正に連座して、河本家は閉門となった。その二年後に父親が病で死ぬと、三津の方は母親の親戚筋に当たる宮川主水の屋敷に女中として奉公した。
その後、お手が付いて、三津の方は主水の側室になった。

「お屋敷出入りの小間物屋や酒屋などは口が固かったようですが、わたしの知り合いに掛かれば大概は口を開きます。それによると、三津の方の評判はよろしくありませんな」

熊八が言った。

屋敷に奉公する下男や台所女中たちが、出入りの商人に愚痴を零しているという。三津の方はいつもとげとげしく、些細なしくじりにも目くじらを立てるようだ。女中には殊《こと》のほか厳しかったという。

屋敷の侍の眼につくような目立ちたがりの女中を容赦なく追い出した。寿美が今まで勤められたのは、内気で目立たなかったからだろう。三津の方の気位の高そうな鼻梁が思い出された。

晴れ渡った空に日はあったが、時々すっと冷たい風が吹き抜けた。

長襦袢《ながじゅばん》の上から紺色の着物を着込んだ六平太は、芝の増上寺《ぞうじょうじ》に差しかかっていた。

昼近くになって六平太の熱はすっかり引いていた。

布団を上げる時もふらつくことはなかった。

朝方残したお粥を昼餉にした六平太は、昼を過ぎてから麻布の抱え屋敷へと向かった。

旗本、宮川主水の抱え屋敷の門は開いていた。

「お頼み申す」

門を潜《くぐ》った六平太は、式台の前に立った。

「何か」

奥から現れた家士が式台に立った。

「わたしは、浅草元鳥越、市兵衛店の住人、秋月六平太。こちらの石見殿にお会いしたくまかり越した。よろしく取り次ぎを願いたい」

「お待ちを」

家士が、奥へと去った。

ほどなくして、訝しげな顔付きの男が六平太の前に立った。

「石見殿かな」

「左様、石見要三郎《ようざぶろう》だが――」

後の言葉を飲んだ石見が、六平太を見て眼を見開いた。

「おれに見覚えがあるね？」

六平太の問いかけに、石見の眼が泳いだ。

「娘二人を連れたおれに刀を向けた侍の背格好とよく似た男を、十五日の夜、品川で見掛けて後をつけたんだ。そうしたらこのお屋敷に入ったもんだからね」

「どうして、わたしの名を」

「品川からの帰り、他の警護の者に名を呼ばれたろう」

六平太の出まかせだったが、石見は顔を歪《ゆが》めた。

「ここで立ち話は出来ぬ。この先の善福寺本堂裏でお待ち願いたい」

くるりと背を向けると、石見が足早に奥に去った。


善福寺の山門を入ると、広々とした境内があった。

境内の奥に、かなりの高さの石垣が組まれ、石段を上った先に豪壮な本堂が天を突くように聳《そび》えていた。

六平太が、石段を上がった。

本堂の裏に回ると、周囲の大木が四方に枝を伸ばして、昼だというのに薄暗い。

「どこで待つか」

腹の中で独り言を吐くと、六平太が辺りを見回した。

石見を始め抱え屋敷の連中が、六平太を討ち取りに大挙押し掛けて来るということもある。

ざりっ、砂を踏む足音がして、本堂の陰から険しい顔の石見が姿を現した。

「たしか、秋月殿とか」

「うん」

「秋月殿は、品川には何用で参られた」

「月見だよ。おれは付添い屋でね。お客に頼まれればどこにでもお供するのが稼業なんだ」

表情を見逃すまいと、石見の眼が六平太に張り付いていた。

端正な顔立ちで、大きく丸い眼が誠実そうな光を湛《たた》えていた。

「お前さん、箱崎橋でどうしておれを狙った？」

石見の眼が少し揺れた。

「おれには、刀を向けられる覚えがこれっぱかしもねぇんだよ」

六平太は、固く結ばれた石見の口元を見た。

石見が、〈狙ったのは秋月六平太ではない〉と答えれば、〈寿美を狙った〉と白状したことになる。

「わたしには覚えはない」

石見が、低い声で答えた。

思慮分別のある男のようだ。

「それじゃ、左の二の腕を見せてもらおうか」

箱崎橋で襲った深編笠の男の左腕を、六平太の剣が軽く裂いていた。

石見の腕にはその傷痕《きずあと》があるはずだった。

「どうした。見せられないのか」

困惑した石見が、六平太から眼を逸らした。

その時、腰の物を片手で押さえた侍が五、六人、土煙を立てて駆け寄って六平太を取り囲んだ。

「田島《たじま》さん、どうして」

石見が声を上げると、

「お屋敷のご用人に、石見の果たし合いの助勢をと命じられた」

田島と呼ばれた男が声を張り上げた。

「岩城様が――」

石見は訝しげに呟いた。

「石見、ここはわれらに任せろ」

「しかし」

石見の戸惑いにも構わず、駆けつけた連中が一斉に刀を抜いた。

すぐに一人が斬りかかって来た。

六平太は身体を右へ廻しながら腰を沈めると、瞬時に刀を抜いて、相手の肩に峰を叩き入れた。

男は腹から倒れて動けなくなった。

侍が三人、六平太に休む間を与えないよう、次々と襲いかかった。

襲いかかる相手を防ぎながら、六平太は不審な動きをする侍に気付いた。

闘いの輪の外で、茫然《ぼうぜん》と突っ立っている石見の背後に近づく者が居た。

六平太は、取り囲んでいたうちの一人の刀を叩き折ると、石見の居る方に走った。

石見の背中に刀を突き入れようとした侍の伸びた腕に、振り上げた刀の峰を叩き入れた。

「グワッ！」

呻き声を上げた侍が、地面でのたうち回った。

「もうよい、引けっ」

田島の声に、倒れた男二人を引きずるようにして助勢の侍たちが引き揚げた。

「やつら、お前さんの命も狙ったね」

凍りついた石見が、両足を踏ん張って身体を支えていた。

恐らく、石見も助勢の連中の意図に気付いたようだ。

「お前さん、ここに来る前、寿美さん殺しの邪魔をした浪人が来たと、屋敷の誰かに、知らせたのだろう」

石見の端正な顔が歪んだ。

六平太の出現に、抱え屋敷は慌てて暗殺を仕掛けた事実を闇に葬ろうとしたのだ。

「せいぜい気をつけることだ」

六平太はいうと、山門の方へと歩き出した。

「寿美殿は」

山門を出かかった時、石見の声がした。

「その後、寿美殿の様子は――」

追って来た石見が、息を整えながら気遣わしげな眼を向けていた。

「気鬱のようだな」

「重いのですか」

「寝込むほどじゃないが、家の者は、湯治場にでもやって養生させると言ってるよ」

六平太の出まかせだった。

「それがいい。江戸に居るより、その方が――」

石見は己に言い聞かせるように、しみじみと口にした。

「もし、寿美殿にお会いになられた時は、そのうち状況は変わると、そうお伝えを」

一礼した石見が、六平太を通り越して山門を出た。

石見が向かったのは、お抱え屋敷のある方角ではなかった。

五

七輪の火が中々点《つ》かず、六平太は慌てて団扇《うちわ》を煽《あお》いだ。

だが、夕刻の市兵衛店の路地に煙だけがもうもうと流れた。

「魚でも焼くのかい」

お常が、手で煽ぎながら路地に飛び出して来た。

「秋刀魚《さんま》をね」

六平太は麻布からの帰り、日本橋近くの魚屋で秋刀魚を一本買い込んだ。

夕餉の膳《ぜん》に並べるつもりだった。

「あのぉ」

子供の声がして振り向くと、七つ八つばかりの男の子が立っていた。

「なんだい」

お常が目尻を下げて声を掛けた。

「ここに、秋月六平太さんはいるかい」

「おれだが」

「人に頼まれた」

男の子が差し出したのは四つに折った紙だった。

六平太が受け取ると、男の子はすぐに駆け去った。

「見ても読めないか」

開いた紙を覗き込んだお常が、ははははと笑った。

『鳥越様に是非ともおいで下さい。俊』——紙にはそう記されていた。


鳥越明神は、浅草御蔵へ通じる表通りに面していた。

市兵衛店からは指呼《しこ》の間《かん》である。

六平太が境内に入ると、楠の大木に囲まれた本殿の階《きざはし》に腰掛けていた年増女が顔を上げた。

「秋月様で?」

女が探るような眼を向けた。

「子供に書付を持たせたのはあんたか」

「俊《しゅん》と言います」

名乗った女が笑みを浮かべた。年は三十くらいだろう。梅幸茶《ばいこうちゃ》に鳶色《とびいろ》の片滝縞《かたたきしま》の着物に身を包んでいた。

「おれは、あんたに会った覚えがないが」

「でしょうとも。お眼にかかるのはわたしも今日が初めてでして」

「ほう」

「わたしは、先日、市中引き廻しになった五郎兵衛にゆかりの者でして」

お俊が、声をひそめて言った。

六平太が、お俊に眼を凝らした。

「あの人が、あんな大罪人とも知らず懇意にしていたんですよ。ですから、引き廻しも知り合いに頼んで見にいってもらったくらいで」

お俊は冗舌だった。

「そしたら、その人が、五郎兵衛と親しく話をしていたご浪人がいたと言うじゃありませんか。そんなお人がおいでなら、是非とも会ってお話を伺いたいと思いましてね」

小さく腰を折ったお俊が、色っぽい眼で六平太を見上げた。

「どうやって、おれの名と住まいを知ったんだ」

「ええ、いろいろちょっと」

お俊が、曖昧《あいまい》に返した。

六平太の名と住まいを尋ねてきた男がいたと、口入れ屋『もみじ庵』の親父が言ったことを思い出した。

「何を聞きたい」

「ええ。その、五郎兵衛が最後の最後にどんなことを話したのかを」

「大したことを話したわけじゃねぇよ。紅葉の名所のことぐらいだ。それと、打ち首に遭う時の泣きっ面を見てみたいと言ったら、睨《にら》みつけられたがね」

当てが外れたかのように、お俊の顔が歪んだ。

「引き廻しの後、おれを付けてきた男二人もあんたと同じことを聞いたが、どういうことだ」

「さぁ」

お俊が気のない返事をした。

「一人が匕首《あいくち》を抜いたんで、仕方なく峰打ちで倒したが、死んだそうだ」

それにも反応せず、お俊は両の袂に手を差し込んだ。

「その時おれに、雲太郎《くもたろう》に頼まれたのかというようなことを口走ったが、そいつは誰だ」

お俊はそれに何も答えず、

「五郎兵衛との話で、他になにか思い出したら、柳橋《やなぎばし》の北詰の欄干に赤い糸を結んでおいて下さいませんか」

言うだけ言うと、六平太の返答も聞かず、下駄の音をさせて境内を出て行った。


味噌問屋『出羽屋』から六平太に使いが来たのは、お俊と会った二日後の昼前だった。


「根岸の『重松屋』さんの寮にお出で下さいとのことです」

使いは、『出羽屋』の主、九兵衛の言付けを伝えて帰って行った。

六平太は上野山下から三ノ輪へと向かっていた。

下谷金杉町《かなすぎちょう》に差しかかった六平太は、右の道に折れた。

まっすぐに行けば、紅葉の名所正燈寺がある。

『重松屋』の寮は、百姓地に接した木立の中にひっそりとあった。

応対に出た九兵衛に連れられて縁側の部屋に行くと、

「何があった？」

精気のない顔で座っていた寿美を見て、六平太が思わず声にした。

「今朝早く、お出入りする呉服屋さんに聞きましたが、麻布のお抱え屋敷は大ごとだそうです」

九兵衛の声が上ずっていた。

抱え屋敷の用人、岩城某《なにがし》は隠居を命じられ、三津の方はお手打ちだけは免れて屋敷から追放されたという。

三津の方の密通の相手、原沢勝弥は、お納戸役の立場を利用しての金品横領の科《とが》で切腹となった。

「話によれば、三津の方様の不義密通を、宮川家当主に直《じか》に訴え出た者がいたようです」

言い終わって、九兵衛が大きく息を吐いた。

状況が変わると言った、石見要三郎の顔を思い出した。

「わたしが、不忍池で見たことを口にしたばっかりに――。お抱え屋敷がこうなったのは、わたしのせいだわ」

寿美が、はかなげに項垂れた。

「そんなことはないよ寿美さん」

「ほれ、秋月様もそう仰ってるじゃないか」

九兵衛に声を掛けられても、寿美はため息をつくだけだった。

「実は寿美が、江戸には居たくないと言い出しましてね」

九兵衛が、まるで縋《すが》るように六平太を見た。

濁り水を飲んだことのない寿美には、あまりにも厳しい世間の風だったのかもしれない。

小高い山が連なり、聳え立つ木々の間に間に、寺院の塔や大屋根が見え隠れしていた。

成田山新勝寺の山々を左手に見ながら、六平太は、寿美と、同行する老下男の後ろに続いた。

江戸を離れたいという寿美の決意は思いのほか固かった。

九兵衛夫婦は思案の挙げ句、寿美の母親の妹が嫁いだ佐原《さわら》に行かせることにした。

佐原で乾物屋を営む叔母夫婦の家は男児ばかりで、寿美が逗留《とうりゅう》することを大いに喜んだという。

抱え屋敷の激変を聞いてから八日目の昨日、六平太は寿美と老下男に付添って江戸を発《た》った。

早朝、新川から行徳《ぎょうとく》に帰る荷船に乗った。

行徳で船を乗り換えて津田沼《つだぬま》で下り、その夜は佐倉城下で宿泊した。

三人は、今朝早く発って佐原を目指した。

江戸を発つ時は固かった寿美の表情が、船に乗り、野の道を進むにつれて穏やかになっていた。

佐原は、成田山から五里（約二十キロ）ばかりの所にある小ぢんまりとした水の商都だった。

寿美の叔母が嫁いだ乾物屋は、小野川沿いにあった。

どこからともなく響く祭囃子《まつりばやし》が、昼近い川面《かわも》に流れていた。

「佐原は近々、秋の大祭のようですよ」

老下男が口にした。

「寿美ちゃん、よく来てくれたねぇ」

乾物屋に入ると、出迎えた叔母が寿美を抱きかかえた。

「ささ、奥へ」

寿美と共に奥へと勧められたが、

「わたしはすぐに引き返します」

六平太は丁重に断わった。

「一晩お泊まりになるとばっかり」

寿美が、気遣うように六平太を見た。

「無事に着いたことを『出羽屋』さんに早く知らせた方がいいでしょう」

六平太は、軽く片手を上げて川沿いの道に出た。

背後から足音が近づいて来た。

「お礼を申し上げるのを忘れていました」

追って来た寿美が、軽く息を整えながら頭を下げた。

「寿美さんは、ここにずっと居るつもりですか」

「先の事は、ここでのんびりした後考えようと思います」

寿美の声に張りがあった。

川の畔に立った二人の前を、荷を積んだ小船が通り過ぎた。

「抱え屋敷の石見という侍を知っていますか」

「お方様付きの女中はもっぱら奥向きにいますから、徒の皆さまと顔を合わせることも、話をするということも殆《ほとん》どありませんでした。でも——」

ふっと間を置いた寿美が、

「あぁ。そう言えば」

三津の方に付いて外出をした時、寿美が草履の鼻緒を切ったことがあった。

一年ばかり前のことだった。

警護に付いていた石見が、辺りを駆けまわって草履を調達してくれたという。

それから二、三日して、切れた鼻緒をすげ替えた草履を、石見が寿美に届けてくれた。

「石見様自《みずか》ら、すげ替えて下さったようです」

そんなことがあってからは、屋敷で顔を合わせた時、お互い会釈だけは交わすようになったようだ。

「石見様がなにか」

「いや。なかなか情のある男のようだ」

六平太が呟くと、寿美の眼がふっと遠くを見た。

六平太が佐原から戻って二日が経った昼下がりだった。

刀を摑《つか》んで階下に下りた時、

「秋月さんなら、二階家の一番奥ですから」

外からお常の声が届いた。

草履をつっかけて路地に出ると、井戸端の方から近づいて来る石見要三郎の姿があった。

「屋敷で名乗られた名も住まいも、嘘《うそ》ではなかったのですね」

石見が小さく笑みを浮かべた。

「お出かけですか」

頭の月代《さかやき》はそのままだが、着流し姿の石見が問いかけた。

「浅草の妹のところへね」

「では、途中まで」

頷いて、六平太が先に立った。

「佐和ちゃんによろしくね」

井戸端で里芋の泥を落としていたお常から声が掛かった。

「わたしは、お抱え屋敷を出ましたよ」

表通りに出たところで、石見が口を開いた。

「浪人の身に相なりました」

さばさばした口ぶりだった。

「抱え屋敷の内情を、宮川主水に直訴した者がいたらしいね」

六平太がさらりと口にした。

「切腹を覚悟していましたが、追放ということに」

「これからどうするね」

「それはまだなんとも」

石見の声に不安の響きはなかった。

浅草御蔵を過ぎて、二人は大川へと向かった。

「石見さん、あの時、寿美さんを本当に斬るつもりだったのか」

川端に立った時、六平太が改まった。

石見は川の流れに顔を向けたまま、厳しい顔で頷いた。

「寿美さんを斬ったら、お前さん、腹を切る覚悟だったな」

六平太が、石見の横顔を見詰めた。

「秋月さんに剣を払われた刹那《せつな》、この人になら斬られてもよいなと、思いました」

小船が二艘、二人の眼の前で行き違った。

「旅へ出るのもいいですねぇ」

石見が、晴れやかな口調で空を見上げた。

「佐原ってのはどうだい」

「というと」

「成田山の先、利根川に近いところだがね」

「佐原ですか」

「のんびりしたところで、気鬱の人が静養するには一番だよ」

「気鬱――？」

石見が、訝るような眼で六平太を見た。

「ひょっとすると、江戸から行った娘さんの気鬱も、祭囃子に浮かれて吹っ飛んでるかもしれないよ」

「秋月さん」

「それじゃおれはここで」

軽く片手を上げると、六平太は土手を下りた。

「佐原か」

背中で石見の呟く声がした。

六平太は構わず浅草へと足を向けた。

人の恋路に関われば気が揉《も》めるだけだ。

とっかかりだけ作ってやれば、あとは本人次第である。

ふふっと笑って、六平太は浅草へと足を早めた。

第三話　となりの神様

一

晴れ渡った中空で日が照っているのだが、通りを吹きぬける風が冷たい。
三日前に神無月《かんなづき》（十月）となって、江戸は冬を迎えた。
神田岩本町の口入れ屋『もみじ庵《あん》』を出た秋月六平太《あきづきろっぺいた》は日本橋に向かっていた。
付添いの依頼をしたのは、日本橋、佐内町《さないちょう》の鰻屋《うなぎや》『兼定《かねさだ》』だった。
「いついつと、頼みたい時刻を決めかねる付添いなので、出来るだけ暇な人を頼みたいと、向こう様はそう仰《おっしゃ》いまして」

『もみじ庵』の親父《おやじ》、忠七《ちゅうしち》の憎まれ口も、今では風のように聞き流せた。

六平太が『もみじ庵』の仕事を請け負うようになって五年以上が経《た》つ。

日本橋から伸びる東海道を一町（約百九メートル）ばかり歩いて、小路《こうじ》を左に折れた先が佐内町である。

暖簾《のれん》を潜《くぐ》って鰻屋『兼定』に入った六平太が、『もみじ庵』から来たと言うと、店の女が面倒くさそうに奥へ行った。

昼時だと言うのに、入れ込みにも小上がりにも客はまばらだった。

「あなたが『もみじ庵』の」

店の女に付いて出てきた白髪混じりの男が、六平太の頭から足元へ眼《め》を走らせた。

「浪人じゃまずかったかな」

「丁度いいと言えばいい時で――。とにかく、こちらへ」

白髪混じりが、小上がりに上がるよう手で促した。

「わたしが、主《あるじ》の定松《さだまつ》です」

六平太と向かい合ってすぐ、白髪混じりが名乗った。

「付添いの仔細《しさい》だが」

六平太が言いかけると、

「入口の左側、奥の席をそっと見て下さい」

言われた通り眼を遣《や》ると、横顔を見せて鰻丼の飯を掻《か》き込んでいる男がいた。
二十六、七だろうか、日に焼けた男の髪は幾分ぼさぼさで、安そうなものを着ているが見苦しくはなかった。
「あの男が店を出たら、あとを付けてもらいます」

定松が小声で言った。

どこに寝泊まりしているのか、突きとめてもらいたいという。

「何者だい」

「それはあなたが知らなくてもいいんです。ともかく、あの男の居所を知りたいんです」

ゆっくりゆっくり、噛《か》みしめるように口を動かしていた男は、満足げに目尻を下げた。

目尻を下げているのは笑っているのか、あるいは地顔なのか、六平太には判断がつき兼ねた。

「出ますね」

定松が囁《ささや》いた。

席を立った男は満足げな笑みをうかべると、出口に向かった。

「あの男、勘定は」

「そんなことはいいんです」

六平太の言葉を遮った定松が、〈付けろ〉と顎《あご》で言った。

「あの男の名だけは言っておきましょう。亀助《かめすけ》です」

六平太は、急ぎ小上がりから土間に下りた。


鰻屋『兼定』を出た亀助は新堀沿いの道に出た。

急ぐ風でもなく、ぶらぶらと海賊橋《かいぞくばし》の方へ向かった。

三尺の帯を腰の後ろで猫じゃらしに結んだ亀助から少し離れて、六平太は付けていた。

地面を引きずるほどではないが、長い裾《すそ》がだらしなく広がっていた。

海賊橋を東に渡った亀助は、南茅場町《みなみかやばちょう》の山王御旅所《さんのうおたびしょ》の薬師堂に入って行った。

迷うことなく本堂の階《きざはし》を上がった亀助が、日の当たる回廊にごろりと仰向けに寝た。

眼を瞑《つぶ》った亀助が、食べたばかりでくちくなった腹を両手で撫《な》でた。

六平太は、参拝者を装って本堂の前で手を合わせて亀助を窺《うかが》った。

「またこいつだ」

寝そべった亀助の傍《そば》に立った二人の小僧の片方が、不快な声を上げた。

「しっしっ」

二人の小僧が、手にしていた箒《ほうき》で亀助の身体《からだ》に触れんばかりに掃き出した。

身体を動かした亀助が回廊から落ちそうになった。

「そりゃあんまりじゃないのか」

回廊に駆けあがった六平太が、亀助を支えて小僧を振り向いた。

「お堂のお供え物を食べるわ、食い散らかすわ、こいつには困ってるんですよ」

「境内をのそのそ歩くもんだから、参拝の娘さんが恐《こわ》がるし」

小僧二人がまくし立てた。

「何ごとですか」

袈裟《けさ》を着た老僧がお堂の中から出てきた。

「またいつもの野良犬が」

「いくら小僧さんでも、人を野良犬呼ばわりは如何《いかが》なもんかね」

六平太が声を尖《とが》らせた。

「実は、前々からお堂の物が無くなることがありまして」

老僧が戸惑ったように弁明した。

「それはこの男の所業なのかね」

「この眼で見たわけではありませんが」

小僧の一人が眼を伏せた。

「あ、逃げた」

もう一人の小僧が声を上げた。

見ると、亀助がとことこと山門を出かかっていた。

六平太は、急ぎ階に戻って草履を突っ掛け、亀助の後を追った。

山門から飛び出した六平太は、左右に伸びる通りに眼を走らせたが、忙《せわ》しく行き交う人の波があるだけで、亀助の姿はなかった。

「どいたどいた！」

殺気だった声がして、荷を積んだ車が六平太の前を駆け去った。


両肩を怒らせた定松の草履が砂ぼこりを上げていた。

「あぁあ」

後ろに続く六平太から小さなため息が洩《も》れた。

薬師堂から鰻屋『兼定』に戻った六平太は、亀助を見失った経緯を正直に話した。

「口入れ屋はとんだ男をよこしたもんだ！」

怒りの声が、平身低頭した六平太の頭の上に飛んだ。

「亀助を誰かが連れて行ったということは？」

「さぁ、それは――」

六平太は、薬師堂を出た後の亀助を見ていなかった。

「亀助を連れて行くような連中がいるのかい」

「いますよっ。欲の皮が突っ張った連中が鵜《う》の目鷹《たか》の目――」

言いかけて思案した定松が、

「浅草だっ」

吐き捨てた。

「あんたにも付いて来てもらうよ」

六平太は、しくじりの穴埋めもあって定松に従うしかなかった。

上野山下から浅草広小路《ひろこうじ》に出た定松は、伝法院《でんぼういん》門前を右に曲がって小路に入り込んだ。

そこは、六平太もよく知っている東仲町《ひがしなかちょう》である。

料理屋らしい家の戸を勢いよく開けて、中に入りかけた定松の足が止まった。

客で混んでいた店内に気圧《けお》されたように、定松が入るのをやめた。

暖簾には、『鰻　佐次平《さじへい》』と染め抜かれていた。

裏に回って板場の勝手口の戸を開けた定松が、

「佐次平は居るかっ」

いきなり怒鳴った。

忙しく立ち働く板場の隅で鰻を焼いていた男が振り返った。

「こりゃ親方」

焼き方の男は、若い料理人の一人に団扇《うちわ》を手渡すと板場から出てきた。

「いったい何ごとで」

出てきた男は腰を低くした。

「佐次平、お前、繁盛神を狙《ねら》ってるだろう」

定松が、男を怒鳴りつけた。

この男が主人の佐次平であろう。

「親方、いったい何のお話で？」

「ひょっとしたら、亀助をもうここに連れ込んでるに違いないな！　出せ、繁盛神様を出せっ」

定松が佐次平に摑《つか》みかかった。

「ままま」

六平太が間に入って、佐次平の襟首を摑んだ定松の手を離した。

「あんたがちゃんとしてさえ居ればこんなことには！　口入れ屋に文句を言ってやるっ」

六平太に悪態をつくと、定松はばたばたと小路から飛び出した。

「繁盛神とは、いったいなんなんだ」

残った六平太が佐次平を振り向いた。

「わたしはお眼にかかったことはねぇんですが、その男の噂《うわさ》は耳にしたことがあります」

佐次平が穏やかに答えた。

繁盛神と呼ばれている男は、二十六、七だが、大人になり切れていない浮浪人だという。

気性は大人しく、悪さをすることはない。

腹が減ったら行き当たりばったり店に入って好きな物を食い、腹が満ちるとにこにこ笑い、金も払わず店を出る。

それで役人に突き出されたり、何度も痛い眼に遭わされたりしたようだ。

その男は、口にしたものに金を払うという世間の決まりごとが、頭からすっぽりと抜け落ちてるらしい。

六平太が見た亀助そのものだった。

「その男は一人で店に来るんですが、どういうわけか他の客を呼び込むっていうんです。男が二、三度続けて来た食べ物屋は、その後客が押しかけるようになって繁盛するらしいんですよ」

佐次平はさらに続けた。

「そういう噂があるもんですから、店が傾きかけた食べ物屋じゃ、繁盛神様が来てくれないかと、心待ちにしているとも聞いてます」

佐次平の話に、六平太は思わず唸《うな》った。


浅草広小路に出た六平太は、その足を聖天町《しょうでんちょう》に向けた。

通い馴《な》れた道をいくつか曲がった六平太は、

「いるかい」

佐和《さわ》と音吉《おときち》の住む家の戸を開けた。

「兄上」

長火鉢の前で急須を手にしていた佐和が振り向いた。

差し向かいに座っていた音吉が長火鉢の上に首を伸ばした。

「義兄《にい》さんどうぞ」

「近くに来たもんだからさ」

言いながら上がった六平太が、音吉の向かいに座った。

「出掛けるのか」

六平太は、音吉が羽織った半纏《はんてん》を見た。

「音吉さん、この後浅草寺《せんそうじ》さんで火の用心の寄り合いなの」

六平太の湯呑《ゆのみ》を用意しながら、佐和が言った。

「火を使う時節になると、いろいろと気を遣いますんで」

音吉の顔が引き締まっていた。

「兄上は、こちらには何か」

音吉と六平太に湯呑を置きながら佐和が聞いた。

六平太が、浅草の鰻屋『佐次平』に来た経緯を打ち明けた。

「佐次平はよく知ってますよ。なぁ」

「お店に、一、二度連れて行ってもらいました」

佐和が音吉を見て微笑《ほほえ》んだ。

「しかし、『兼定』の親父がねぇ。いえね、もともと佐次平は日本橋の『兼定』で修業したんですよ」

「なるほど」

定松の、佐次平を見下したような物言いのわけが分かった。

客が十人も入れば席が埋まる小店《こだな》だが、『鰻　佐次平』は浅草界隈《かいわい》でも評判だと音吉が言った。

「その噂は日本橋の『兼定』にまで流れたと思いますよ」

そう言って、音吉が茶を啜《すす》った。

鰻屋『兼定』が繁盛神の亀助を取り込もうと躍起になったわけがなんとなく分かった。

「けどそういう奴、たまに居るなぁ。ほら、うちの為吉《ためきち》なんか、がらがらの飲み屋に入るてぇと、いつの間にか客が増えてるって言ってるくらいだ」

音吉が、浅草の火消し、十番組『ち』組の平人足の名を口にすると、「あぁ」と佐和が頷《うなず》いた。

「どこかで見た顔なんだがな」

湯呑を手にしたまま、六平太が小首を傾《かし》げた。

「誰がですか」

佐和が六平太の顔を覗《のぞ》き込んだ。

「だから、その亀助さ。誰かに似ているような――」

「誰に？」

「いや、それが、どこの誰だったか――」

考えるのをやめて、六平太は残りの茶を飲み干した。

「それじゃぁおれは」

六平太が草履に足を突っ込んだ時、

「兄上、博江《ひろえ》さんにお礼は仰いましたか？」

背後で佐和の声がした。

先月の半ば、六平太は珍しく熱を出して寝込んだ。

その時、夕餉《ゆうげ》から薬湯の世話までしてくれたのだ。

博江が階下に一晩泊まりこんだということは、後で知った。

「いや。その後会う折もなく――」

草履にちゃんと足を入れないまま、六平太は家から飛び出した。


浅草から御蔵前《おくらまえ》に続く道に西日が射《さ》していた。

行き来する人の足が忙しかった。

元鳥越《もととりごえ》に向かう六平太が、代書屋『斉賀屋《さいがや》』の中を窺いながら通りかかると、

「あら」

中から出てきた博江が足を止めた。

「お帰りで？」

「ええ」

博江が頷いた。

「それじゃそこまで」

六平太が歩き出すと、少し離れて博江が続いた。

「お礼が遅くなりましたが、この前寝込んだ時はいろいろ世話になりまして」

六平太が改まった。

「その後、お加減は」

「お蔭《かげ》で、翌日には出歩くことが出来ました」

六平太は博江に頭を下げた。

その後は話らしい話もなく、二人は黙って歩いた。

「わたしはここで」

福富町《ふくとみちょう》近くまで歩いたところで博江が足を止めた。

「では」

六平太が会釈すると、博江は伝助店《でんすけだな》へと通じる小路へと入って行った。

二

六平太は、市兵衛店《いちべえだな》に戻るとすぐ飛び出した。

「『もみじ庵』から使いが来て、お戻りになったらお出《い》で下さいとのことでした」

六平太が木戸を潜った途端、井戸端で水を汲《く》んでいた大家の孫七《まごしち》がそう言った。

取るものも取りあえず、六平太は神田へと急いだ。

『もみじ庵』の土間に飛び込んだ六平太を待っていたのは、帳場に座った忠七の拗《す》ねたような顔だった。

「参りましたねぇ、実際」

忠七が口元を歪《ゆが》めた。

「あんたのとこの付添い屋はなんなんだって、『兼定』の主人が怒鳴り込んで来ましたよ」

『兼定』の定松は怒鳴り込んだだけではなく、しくじったからには付添い料は払わないとまで吐き捨てたと、忠七が苦々しげに六平太を見た。

「秋月さん、なんとしても逃げた男を探し出して『兼定』さんに届けてくださいまし。じゃないと、あなた様にお金が行かないばかりか、うちの取り分も入りません。第一、客に頼まれたことをしくじっていては、口入れ屋としての示しがつきません」

「分かった」

忠七の勢いに飲まれて、六平太は思わず頷いた。

その夜、六平太は熊八《くまはち》と三治《さんじ》を居酒屋『金時《きんとき》』に誘った。

日が落ちた途端に冷え込む陽気になると、燗酒《かんざけ》が腹に沁《し》みわたる。

煮物、焼き物の料理を前に、六平太は二人に亀助探しを頼んだばかりだった。

亀助の人相風体、居所のはっきりしない浮浪人であること、図体は大人だが心は子供のままで、繁盛神と噂されていることも打ち明けた。

「しかし、そんな野郎が繁盛の神様とはね」

「三治さん、人は見掛けによらぬというじゃありませんか」

熊八が尤《もつと》もらしい顔をした。

居酒屋『金時』に来る前、六平太は目明かしの藤蔵《とうぞう》にも同じことを頼んでいた。

『もみじ庵』を出た六平太が神田上白壁町《かみしらかべちよう》の藤蔵の家を訪ねて、同業の者にも伝えてもらえたら有難いというと、

「承知しました」

藤蔵は請け合ってくれた。

「いらっしゃい」

お運び女の声が轟《とどろ》いた。

「秋月さん」

熊八に声を掛けられて振り向くと、留吉《とめきち》が眼を吊《つ》りあげて近づいて来た。

「おれだけ除《の》け者かいっ」

仁王立ちした留吉の鼻の穴が膨らんだ。

「湯屋から戻ったら、秋月さんが、熊さんと三治と出掛けたって、うちのかかぁが言うじゃねぇか。大方『金時』だろうと目星を付けて来てみりゃ案の定」

留吉が、三人を指さして唇を噛んだ。

「とにかく掛けなよ」

六平太が言うとすぐ、熊八と三治が留吉を卓に着かせた。

「これ要るでしょ」

お運びの女は心得ていて、留吉の前に盃《さかずき》を置いて行った。

「ささ、駆けつけ一杯だ」

六平太が注いでやったが、留吉は飲もうともせず、胸の前で腕を組んだ。

「実はな」

六平太が、ことさら声をひそめると、亀助に関《かか》わる一件を留吉に話した。

「それでさ、江戸をくまなく歩き回る熊さんなら、町々の些細《ささい》な出来事も眼に留るし同業の連中の噂話も耳に入る。三治は三治で、頻繁に料理屋に出入りする旦那《だんな》衆にも知り合いが多い。そう思って頼みこんだってわけだよ」

「大工のおれだって、外を出歩くがね」

「うん、そうだったな。留さんにもひとつ、気に留めておいてもらいたいもんだ」

「そういうことなら、一肌脱ごうじゃないか」

重々しい顔つきで、留吉がぐいと酒を呷《あお》った。

「秋月さんから聞いた亀助って男の顔つき、どこかで見たような気がしますがね」

三治が首を捻《ひね》った。

「おれもそうなんだが、思い出せねぇんだ」

「目尻と眉《まゆ》が下がった笑い顔ですか」

熊八も軽く唸《うな》った。

その夜、『金時』では、とうとう誰も亀助に似た顔に思い当たることはなかった。


日が昇った市兵衛店はいつも通り長閑《のどか》だった。

大工の留吉と大道芸人の熊八は夜明けと共に出掛け、御贔屓《ごひいき》に呼ばれた噺家《はなしか》の三治は朝餉を済ませると、派手な羽織を翻して出て行った。

市兵衛店に残っていたのは、六平太の他には留吉の女房、お常《つね》と大家の孫七夫婦だけだった。

お常と孫七の女房は、いつも朝から絶え間なく動き回る。

孫七の女房が木戸周りや路地の掃き掃除に取りかかると、お常は家の掃除と布団干しをした。

った。


女二人に煽《あお》られたように、六平太も朝からよく動いた。竈《へっつい》に溜《た》まった灰を取って口の欠けた甕《かめ》に貯《た》め込んだ。

無用の灰も、灰買いに売ればいくらかにはなる。

路地の奥に鎮座する稲荷《いなり》の祠《ほこら》を久しぶりに掃除したが、それもあっという間に終わった。

いつの間にか孫七の女房もお常も家の中に引っ込んで、辺りは静まりかえった。

四つ（十時頃）時分の市兵衛店で動いているものと言えば、物干しで風になびく洗濯ものくらいのものだろう。

長火鉢の前に陣取った六平太が、茶を淹《い》れようとしていた時、

「秋月様」

目明かしの藤蔵の下っ引きが戸口に立った。

「親分がお出で願いたいと言ってまして」

「わかった」

六平太が、腰を上げた。

六平太は下っ引きに付いて両国へと向かった。

「昨夜、亀助を見た者が両国にいるので下っ引きに付いて来てもらいたい」

それが藤蔵の伝言だった。

亀助を見たのは、両国広小路近くの薬研堀《やげんぼり》で屋台を出している四文屋《しもんや》の親父だという。

鰊《にしん》やするめの煮付けなど全《すべ》てをたった四文（約八十円）で売るところから、四文屋と呼ばれる食べ物屋である。

柳橋《やなぎばし》を渡った先が両国の広小路である。

江戸で一番の賑《にぎ》わいを見せる広小路はうねるように人が行き交い、見世物小屋や食べ物屋の呼びこみが声をからしていた。

稲の刈り入れを終えた近郷の百姓が江戸見物に押しかける時節でもあった。

「秋月さん、こっちです」

声の方を見ると、四文屋の屋台の傍で藤蔵が片手を上げていた。

雑踏を掻きわける下っ引きに続いて、六平太は屋台に辿《たど》りついた。

「わざわざ知らせてくれて、すまねぇ」

「なんの」

藤蔵が片手を振った。

「それじゃ親分おれは」

藤蔵に一礼して、下っ引きが雑踏の中に消えて行った。

「秋月さん、ここの親父が亀助とは昔からの顔なじみだそうです」

四文屋の親父が、六平太に会釈をした。

「昨夜、見掛けたって?」

六平太が口を開いた。

「へぇ。目尻を下げた亀助が、ここにふらりと立ったんですよ」

親父が、屋台の前を指さした。

「久しぶりなんで、達者にしてたかって聞くと、笑って頷きましたよ。ま、いつも笑ってるような顔だがね」

親父が里芋の田楽をやったら、亀助は旨《うま》そうに食ったという。

「亀ちゃん」

「どこへ行ってたんだい」

通りかかった三、四人の浮浪児に声を掛けられて、亀助は一層顔を綻《ほころ》ばせた。
十二、三から十五、六の浮浪児は、繁華な広小路一帯をうろついては食べ物を漁《あさ》っている連中だが、二十を越した亀助に仲間のように接していた。
「その辺でしばらく立ち話をしてましたが、亀助はその連中と連れだってどこかに行きましたよ」

親父が、雑踏の向こうを指さした。

「この親父は、六年前まで店を構えて居酒屋をやってたんですよ。な」

藤蔵に言われて、親父が六平太に頷いた。

居酒屋に亀助がたびたび現れるようになって、親父の店は大いに繁盛したという。だが、亀助の足が遠のいて一年としないうちに、潮が引くように客足が途切れ、ついに店じまいに追い込まれた。

親父が四文屋の屋台を出すようになったのは、四年前だった。

「ここで、一品四文の食い物を売りながら、なんで店を傾けさせることになったのか、毎日考えましたよ。一年前でしたか、ゆんべのように、亀助が屋台の前にふらりと立ったんだよ。亀助がおれのことを覚えていたかどうかは分からないが、おれは覚えてた。つい懐かしくなってスルメの煮付けをやったら、旨そうに食いやがってね。それからは、ひと月かふた月に一度、思い出したように現れるんですよ」

親父が苦笑いを浮かべた。

「それで気が付きました。おれは、居酒屋が流行《はや》っていい気になって、忙しさにかまけて手を抜いてしまってたんだってね。亀助の奴はなんにも言わねぇが、そのことを気付かせてくれたのは、あいつなんだよ」

ふふと、親父の顔から笑みが零《こぼ》れた。

「亀助に声を掛けた連中の溜まり場はどこだか知ってるかい」

六平太が聞くと、

「たしか、小泉町近くの玉池《たまいけ》稲荷だと思いますがね」

親父は瞬時思案すると、そう答えた。

「秋月さんがよくお出でになる、口入れ屋『もみじ庵』の近くですよ」

藤蔵も玉池稲荷を知っていた。


六平太は藤蔵と一緒に広小路を離れた。

玉池稲荷は、藤蔵の家のある神田上白壁町に行く途中にあった。

「そこですよ」

丁字路に差し掛かったところで足を止めた藤蔵が、指をさした。

口入れ屋『もみじ庵』のある神田岩本町まで、一町足らずである。

「わたしもお供しましょうか」

「いや。御用聞きが一緒だと浮浪児たちが身構えそうだ」

「じゃわたしはここで」

藤蔵は会釈をすると、西の方へと歩き去った。

六平太が、小ぶりな武家屋敷に挟まれた玉池稲荷の中に入って行った。

奥の深い境内を進むと、小さな池の畔《ほとり》にいくつかの人影があった。

四文屋の親父が言っていた、十二、三から十五、六の浮浪児たちだった。

干魚や焼き芋を口にしている浮浪児たちに囲まれた亀助が、握り飯を頰《ほお》ばっていた。

近づく六平太に、浮浪児たちが一斉に警戒の眼を向けた。

「おれは秋月六平太ってもんだ」

警戒したままの浮浪児たちの中で、一人亀助だけが無心に飯を食べていた。

「この先の口入れ屋から仕事をもらってる付添い屋なんだが、そこの亀助を連れて行く仕事を請け負ってるんだよ」

六平太は腰を落として話しかけた。

「連れて行くって、どこに」

一番年かさの浮浪児が口を開いた。

「鰻屋なんだよ」

六平太は詳しい経緯を省いた。

「亀ちゃん、この浪人を知ってるかい」

年かさの浮浪児が聞くと、他の浮浪児が、亀助の身体を六平太に向けた。

亀助が、口を動かしながらじっと六平太を見た。

「知ってる人かい」

年かさの浮浪児が亀助を覗き込んだ。

六平太を見ていた亀助が、笑みを浮かべた。

「おれに付いて来てくれるか」

亀助が、六平太を見たまま大きく頷いた。

六平太が立ち上がると、亀助もゆったりと腰を上げた。

「亀ちゃんは気ままだから、無理を通そうとしても駄目だよ」

年の若い浮浪児が六平太に声を掛けると、

「顔はいつもにこにこしてるけど、梃子《てこ》でも動かなくなることもあるからね」

年かさの浮浪児が言い添えた。

「ありがとよ」

六平太が片手を上げた。


亀助と共に玉池稲荷を後にした六平太は、努めてのんびりと江戸橋の方へ向かった。

鰻屋『兼定』は、江戸橋の先の佐内町にあった。

「亀ちゃん、お前さん、繁盛の神様って言われてるんだってね」

並んで歩く亀助を見たが、なんのことか分からないという顔をした。

世間の思惑など、亀助にはどうでもいいことのようだ。

「亀ちゃん元気か！」

行く手から来た棒手振《ぼてふ》りが、声を掛けて足早に通り過ぎた。

振り向いた亀助は、大分先を行く棒手振りの背中に、律儀に頷いた。

四半刻《しはんとき》（約三十分）ばかり歩いたところで、突然、亀助が向きを変えた。

小伝馬町《こでんまちょう》牢屋敷《ろうやしき》の角を西へと道を取った。

「そっちじゃなく」

亀助の腕を摑もうと伸ばした手を、六平太が引っ込めた。

亀助に従うほかなさそうである。

入り組んだ小路をゆったりと進む亀助だが、なにか当てがあるようには思えない。

いつの間にか、筋違御門《すじかいごもん》から外神田へと進んだ。

その後も、行きすぎては戻ったり、まっすぐ行きかけては曲がったりを繰り返しながら、いつの間にか鳥越明神前の往還に出た。

「亀ちゃん、おれの家が細い道の奥にあるんだが、寄っていかないか」

少し休みたかった六平太が、阿《おもね》るように声を掛けた。

それには答えず、鼻をひくつかせた亀助が浅草御蔵の方へ向かった。

亀助の足がぱたりと止まったのは、居酒屋『金時』の前である。

煮炊きをする醬油《しょうゆ》の匂《にお》いが道にまで漂っていた。

「ちょちょ、ちょっと待って」

表を掃いていた『金時』のお運び女が、店に入ろうとする亀助を引きとめた。

「秋月さん、うちが暖簾を出す時刻はおわかりでしょう」

「すまん。この人はここが初めてでな」

『金時』は昼時を過ぎると、八つ（二時頃）から一刻（約二時間）ばかり店を閉めて、夜の仕込みに充《あ》てていた。

「見掛けない顔だけど、だれ？」

「いやもう、話すと長くなるが、いろいろとわけがあってさ」

お運び女に愚痴を零しかけた六平太が、ぎくりと一方に眼を遣った。

亀助がとことこと、湯島の方に歩を進めていた。

三

音羽《おとわ》界隈は夕暮れ時を迎えていた。

護国寺《ごこくじ》の山門前は、境内から出て来る人で溢《あふ》れかえっていた。

広大な敷地を持つ護国寺の境内には茶店や屋台が一年を通して店を出しているし、見世物の小屋もある。

仏様の参拝と行楽が一処《ひとところ》で済ませられる場所だった。

六平太は亀助の姿を見失わないように、用心して後ろに続いていた。

元鳥越を後にした亀助は、湯島の坂を本郷へと向かった。

小石川から大塚へと進み、やがて富士見坂を護国寺へと向かった時、

「しめた！」

六平太は腹の中で快哉《かいさい》を叫んでいた。

六平太の先を行く亀助が人の流れに導かれるように音羽の通りへと折れた。

護国寺門前から江戸川橋まで一直線に伸びる、六平太には馴染みの通りである。

「そこの装《な》りのいい旦那、遊んでお行きなさいよ。ほら、役者顔のあんたも」

楊弓場《ようきゅうば》のお蘭《らん》が、客に声を掛けていた。

「あら、秋月の旦那、お久しぶり」

「儲《もう》かってるか」

「駄目だよぉ。どいつもこいつもしけてやがってさぁ。旦那ぁ、ほんの少し遊んで行っとくれよ」

「生憎《あいにく》、連れがいるんだ」

六平太が、亀助の背中を押して楊弓場を通り過ぎた。

「亀ちゃん、腹が減らないか」

横に並んで聞くと、足を止めた亀助が大きく頷いた。

音羽の大通りを七丁目まで下った六平太が、八丁目の手前の小路を右に折れた。

十字路を左に曲がると、大通りと並行して江戸川まで続く小路があった。

夜の帳《とばり》に包まれ始めた小路の先で、居酒屋『吾作《ごさく》』の提灯《ちょうちん》が灯《とも》っていた。

「ここだよ」

六平太が暖簾を割ってやり、亀助を先に店に入れた。

「いらっしゃい。あら」

亀助の後から入った六平太を見て、女主のお照《てる》が笑みを浮かべた。

「菊次《きくじ》さん、秋月さんだよ」

お照が声を掛けると、俎板《まないた》に向かっていた板場の菊次が、首を伸ばしてにやりと笑った。

「奥の席にどうぞ」

お照に勧められて、六平太は亀助と向かい合って腰掛けた。

「もう少し居たら秋月さんに会えたのに。八重《やえ》はたった今帰ったんですよ」

八重は、お照の養女である。

「お照さん、まずは熱燗を一本。おれの連れには腹に溜まるものがいいんだが、それは料理人に任せるよ」

「へい」

板場で菊次が声を張り上げた。

亀助が障子の窓を細く開けて、物珍しそうに覗いた。

人の行き交う足音がわんと入り込んだ。

音羽の夜はこれからである。

六平太に酒が来た。

「亀ちゃん、飲めるのか」

障子を閉めた亀助が、少し考えて、頷いた。

亀助に盃を持たせると、六平太が注いだ。

手酌の六平太が口をつけるまで待っていた亀助が、一気に酒を呷った途端、噎《む》せた。

「酒は初めてか」

六平太が聞いた。

小さく首を捻った亀助は、手にした盃をおずおずと突き出した。

「飲むのか」

亀助が頷いた。

注いでやると、舐《な》めるように口にした亀助は、今度は噎せることはなかった。

『吾作』の外がまた一段と賑やかになった。

小路を行く連中の足音や笑い声が通り過ぎ、近くの料理屋のお座敷からは太鼓や三味線の音が届いた。

客が何組か入れ替わったころ、煮魚や炒《い》り豆腐、煮物の器はあらかた空になっていた。

亀助の食欲は旺盛《おうせい》で、丼飯《どんぶりめし》と根深汁《ねぶかじる》も綺麗《きれい》に平らげた。

「だけどお前さん、美味《おい》しそうに食べるんだねぇ」

器を下げに来たお照が、亀助の肩をとんと叩《たた》いた。

「菊次さんも作った甲斐《かい》があるというもんだよ」

「へい」

菊次の声が弾んでいた。

食べ終わった途端、亀助の眼が虚《うつ》ろになって、ひとつふたつ、大きな欠伸《あくび》をした。

「眠いのか」

亀助が、こくりと頷いた。

歩き続けたうえに、飲みつけない酒を三、四杯重ねたせいだろう。

「秋月さん、奥の部屋に寝かしたらどうです」

見かねたようにお照が言った。

「助かるよ」

六平太は、足元の覚束《おぼつか》ない亀助の腕を取って、奥の三畳間に連れて行った。

店が混んだ時は客も入れたが、普段は菊次やお照たちの休息の部屋だった。

半刻（約一時間）ばかり経つと、店から客の姿が消えていた。

「やはりお出ででしたね」

外から入って来た毘沙門《びしゃもん》の甚五郎《じんごろう》が、六平太に笑みを向けた。

「護国寺からの帰り、楊弓場のお蘭に呼び止められまして、秋月さんが来てますよぉ、なんて言うもんですから」

六平太と甚五郎が注ぎ合って、くいと呷った。

甚五郎が、菊次にも笑みを向けると六平太の前に腰掛けた。

菊次がすぐに板場から出て、甚五郎の前に盃と酒を置いた。

「親方もお出でしたか」

奥から現れたお照が甚五郎に声を掛けると、

「菊次さん、お二人がお揃《そろ》いのことだし、今夜は早仕舞いにしようじゃないか」

「へぇ」

菊次が、浮き浮きと暖簾を外して店内に取り込んだ。

「秋月さんには連れがあったって、お蘭が言ってましたが」

甚五郎がなんとなく辺りに眼を遣った。

「お連れは鼾《いびき》をかいて寝入ってますよ」

お照が奥の方を指さした。

「連れて帰るのは難儀だな」

六平太が呟《つぶや》いた。

「いっそのこと、ここに泊まってお行きなさいよ。朝は勝手に出て行って構いませんから」

「そうさせてもらうよ」

六平太が、お照に頭を下げた。

「それじゃわたしはこれで。菊次さん、後はよろしくね」

「へい」

皆に声を掛けたお照が帰って行った。

「連れというのは、どなたで」

甚五郎に聞かれて、六平太は亀助の一切を話した。

「ぼうっとしたあの男が、繁盛神?」

酒の席に加わった菊次が、奥を振り返った。

「そういう男なら、毎日でも来てもらいたいね。飯ぐらいただで食わせてやりますよ」

「居酒屋『吾作』は今でも繁盛してるんだ。多くを望むこたぁねぇよ」

「へい」

かつて仕えた甚五郎に、菊次は素直に頭を下げた。

「実はね秋月さん」

甚五郎が少し改まった。

「半月ばかり前ですが、川崎の知り合いから気になる話を聞いたんですよ」

半年ばかり前に、妙な女髪結いが川崎宿に流れ着いたと、甚五郎の知り合いが口にしたという。

年増だが、土地のならず者とも渡り合うくらい向こうっ気の強い女だった。

「似てるでしょ。おりきさんに」

「似てますね」

甚五郎に返事をしたのは、菊次だった。

おりきも音羽の廻《まわ》り髪結いだった。

「この前、若い者を品川に行かせる用事がありましたんで、ついでに川崎に足を延ばさせたんですよ。その髪結いを確かめさせにね」

六平太は、黙って盃を口に運んだ。

「帰って来た若い者が言うには、おりきさんとは似ても似つかない大年増で、四十ばかりのただのあらくれ女だったそうです」

「なんだ」

菊次がため息をついた。

奥の方で物音がして、のそりと亀助が現れた。

「どうした」

六平太が聞くと、

「小便」

六平太は初めて、亀助の声を聞いた。

「お。こっちだこっち」

菊次が亀助の手を取って、店の外に連れ出した。

「秋月さん、わたしね、おりきさんは案外近くに居るような気がしてしようがないんですがね」

六平太は、黙って酒を注いだ。


四谷御門に差し掛かった頃、六平太と亀助の行く手に朝日が昇った。

居酒屋『吾作』で夜明けとともに眼ざめた二人は、菊次が昨夜のうちに用意してくれていた握り飯を腹に納めて、音羽を後にした。

音羽から四谷への道筋を選んだのは亀助だった。
六平太は、四谷御門前を左に折れた亀助のあとに続いた。
亀助は堀端の道を曲がることなく進み、水道橋から神田へと歩いた。
亀助を日本橋佐内町の鰻屋『兼定』に導くには恰好《かっこう》の道順だった。
日本橋を渡り、海賊橋の袂《たもと》に差し掛かった時、
「こっちに行ってみないか」
六平太が、佐内町の方に足を向けた。
亀助はいつもの愛想のいい顔を向けただけで、海賊橋を新川の方に渡った。
「こりゃ駄目だ」
呟いた六平太は、ため息をついて亀助の後ろに付いた。
永代橋《えいたいばし》に差し掛かった時には日が大分昇っていた。
橋を渡りきった亀助は、迷うことなく大川に沿って南へと曲がった。
行く手には、深川七場所と言われる岡場所《おかばしょ》のひとつ、新地がある。
亀助が岡場所に馴染みがあるとは思えなかったが、六平太は黙って後に続いた。
江戸湾の水辺にほど近い路地に入り込んだ亀助が、小さな一膳飯屋《いちぜんめしや》の戸を開けた。
古ぼけた提灯に『おたふく』とあるのを見た六平太は、亀助の後から中に入った。

「亀ちゃん、久しぶりじゃないかぁ」

卓の箸立《はし》てに箸を差し込んでいた五十半ばほどの老婆《ろうば》が、眼を丸くしていた。

「お前さん、亀ちゃんだよ」

老婆が声を張り上げると、顔に皺《しわ》の目立つ老爺《ろうや》が板場から出てきた。

老婆より三つ四つ年上のようだ。

「ひと月も顔出さないから、心配してたんだぜ」

亀助の前で、老爺が少し丸くなった背筋を伸ばした。

亀助の顔に、今まで見たこともない喜色が広がった。

「ええと」

老爺が、六平太に眼を転じた。

「秋月六平太という者で」

名乗った六平太は、亀助に関わることになった経緯を包み隠さず話した。

「亀ちゃん、ご飯は」

老婆が聞くと、亀助は大きく頷いた。

「秋月さんは」

老爺に聞かれたが、

「いや、おれはまだ」

六平太は断った。

「わたしが支度するよ」

声を掛けた老婆が、板場に入り込んだ。

樽《たる》の腰掛けに掛けた亀助は、にこにこと店内を見回した。

「わたしゃ、多兵衛《たへえ》といいます」

老爺が名乗ると、

「それで秋月さん、あの亀助をお連れになるので？」

不安そうな眼を向けた。

「仕事の依頼元とはそういう取り決めだが、丸一日一緒に歩いてみると、どういうのかねぇ。亀助は亀助の思うようにさせた方がいいような気もしてね」

「よく言って下すった」

多兵衛の顔が綻んだ。

風の加減か、潮の香りが表から入り込んだ。

「亀ちゃんとは十年の付き合いですよ」

しみじみと多兵衛が口にした。

初めて『おたふく』に現れた時、亀助の装りは襤褸《ぼろ》を纏《まと》ったような有様だったという。

汗と埃《ほこり》で髪は櫛《くし》も通らないほどだった。

井戸端で髪も身体も洗い、多兵衛の古着を着せてやった。

多兵衛の女房が飯を出すと、亀助は瞬く間に食べた。

「腹も減ってたんだろうが、あいつ、にこにこと旨そうに食ったんだよ。食べ終わった時の顔も、いかにも満足そうで、あの顔を見たら誰だって金は取れないよ」

そんな出会いがあってから、亀助は月に一、二度、『おたふく』に顔を出すようになった。

多兵衛は、亀助が子供のままの心で大きくなったことは初手から気付いていた。

「亀ちゃんに身寄りはないのかねぇ」

亀助の方を振り向いた六平太が、ぽつりと洩らした。

「いや、それがね。四、五年前の夏、井戸端で水浴びさせた亀助の首に迷子札があるのに気付いたんですよ」

多兵衛が立って、亀助の傍に行った。

「亀ちゃん、札を見せてもらうよ」

多兵衛が、亀助の首から紐《ひも》の付いた札を抜き取って来た。

「これなんですがね」

多兵衛が差し出した、飴色《あめいろ》に変色した木の札を六平太が手にした。

「初めてここに来た時も、新地の前浜で海に入らせた時も、札が下がっていることには気付いていてたんですがね。わたしもかかぁも、ただのお守りだと思い込んでましてね」

それから一年経った夏、札をよくよく見てみると、薄いながら町の名が書いてあるのが見えたという。

六平太が、札に眼を近づけた。

「下谷《したや》、金杉《かなすぎ》と読めるが、その下は消えてる」

「その横を見て下さい」

亀助、五つ——うっすらと残った文字を、六平太は読んだ。

道に迷ったり、親とはぐれたりした時の用心に、子供の首に下げる迷子札だった。

多兵衛は、人に頼んで下谷金杉に行ってもらったのだが、どこが住まいか分からずじまいだった。

今の亀助の年は知らないが、迷子札を付けられてから恐らく二十年くらいは経っているはずだ。その間に、親が金杉から余所《よそ》に移ったか、あるいは死んだとも考えられた。

「下谷金杉って手がかりがある。もしかしたら辿れるかもしれないよ」

六平太が、ぽつりと呟いた。

もはや、鰻屋『兼定』のことはどうでもよくなっていた。

四

『おたふく』に泊まることになった亀助を残して元鳥越に帰った六平太は、翌朝、日の出とともに市兵衛店を出た。

向かったのは、下谷金杉である。

元鳥越から歩いても、半刻も掛からずに行きつけるところである。

しかし、下谷金杉町に着いた六平太は愕然《がくぜん》とした。

金杉町は確かにあったが、他に金杉上町、金杉下町もあった。

亀助の身寄りが暮らしていたのは一軒家だったのか、長屋だったのかも、迷子札からは窺えなかった。

六平太は一計を案じた。

「物を尋ねるが、この辺りの御用聞きをしているのは誰か知りたいのだが」

表通りの蠟燭屋《ろうそくや》に飛び込んで聞くと、

「御切手町《おきってまち》の島八《しまはち》親分です」

店の者から返事が返って来た。

御切手町は、金杉町から上野山下の方に戻った辺りにあった。

表通りの木戸番所で聞くと、目明かしの島八は、沼に面した平屋に住んでいるということだった。

「ごめんよ。島八親分のお宅はこちらだろうか」

六平太は道に面した戸口に立って声を掛けた。

中から、物音ひとつしなかった。

「ごめん」

もう一度声を掛けた時、

「おれになにか用か」

横合いからだみ声がした。

やけに眉毛の濃い男が魚籠《びく》を下げ、釣竿《つりざお》を肩にして立っていた。

「島八親分かい」

「あんたは」

胡散臭《うさんくさ》そうな眼で六平太を見た。

「秋月六平太っていうもんだが、この辺りで人を探すなら島八親分に頼んだらどうかと、北町の同心、矢島新九郎《やじましんくろう》殿から聞いて来たんだが」

六平太は抜け抜けと新九郎の名を口にした。

眼を丸くした島八が、とたんに畏《かしこ》まった。

「矢島様のお知り合いで？」

「剣術の道場の同門でね」

「人探しといいますと」

島八の口調が丁寧になった。

六平太は、亀助の首から下がっていた迷子札のことを話した。

迷子札に書かれた住まいは『下谷金杉』しか読めず、幼い時分のことは本人も分からないのだと説明した。

「その時分五つってことは、何年前のことですかね」

島八が眉間に皺を寄せた。

「亀助の年からすると、二十年ばかり前のことだろう」

「分かりました。下っ引きにも回らせますから、半日もかかりますまい」

島八の口ぶりや顔付きが、すっかり御用聞きになっていた。


六平太は下谷正燈寺《しょうとうじ》に近い茶店の座敷で眼が覚めた。

庭に面した障子を開けると、真上から日が射していた。

「何か分かったら元鳥越に使いを走らせます」

島八はそう言ってくれたが、行き来する時が無駄に思えて、六平太は近場で待つことにした。

下谷に来たからには、一度、正燈寺近辺を見たかったこともある。

市中引き廻しの後、打ち首獄門になった盗賊、犬神《いぬがみ》の五郎兵衛《ごろべえ》の言葉が頭から離れないでいた。

紅葉の名所と言われる正燈寺よりも、見事な紅葉のある寺が近くにある――そんな風なことを、五郎兵衛は口にしていた。

「正燈寺さんより見事な紅葉なんか、この近くにはありませんよ」

茶店に着いた早々聞いたのだが、店の者に笑い飛ばされてしまった。

「お客さん、お迎えです」

女中が襖《ふすま》を開けると、

「島八親分が待っております」

若い男が顔を覗かせて、六平太に告げた。

若い男が六平太を案内した先は、金杉下町の仏具屋だった。

「こちらが秋月さんで」

待っていた島八が、傍にいた男に六平太を引き合わせた。

「主の庄作《しょうさく》でございます」

仏具屋の主人だった。

「こちらさんの裏店《うらだな》に、十年ばかり前まで、それらしい子供がたしかに居たそうです」

「親分から伺うまで忘れていましたが、名も亀助という子でした」

庄作には、島八から話が通っていた。

「亀助というのは、この近所で見つかった孤児なんですよ」

亀助が二つくらいの時だったと、庄作が言った。

捨て子や迷子があれば近隣の者たちで育てるのが慣習だった。

亀助は、当時、庄作店に住んでいた、子の居ない畳職人夫婦に引き取られたという。

亭主は竹二郎《たけじろう》で女房はしまと言った。

「ですがね、それから二年ばかりして、竹二郎夫婦に娘が生まれましてね」

庄作がふっと遠くを見た。

だが、竹二郎夫婦は亀助を手元に置いていた。

竹二郎が仕事に出ると、女房のおしまは内職や家のことで手いっぱいだったが、代わりに亀助が、幼い妹の面倒をよく見ていたという。

「亀助が十の年を迎えると、近所に奉公に出されたんですが、どこも長続きしませんで、今から十年ばかり前、亀助の姿を見なくなりました。亀助が居なくなった日、妹が、泣きながらあちこち亀助を探しまわったと、後で長屋の者から聞きました」

庄作が小さくため息をついた。

「竹二郎は、五年前、病で死んで、一年もしないうちに女房のおしまも後を追うように死んだそうです」

島八が六平太に言った。

「娘さんは、いまどこに」

六平太が庄作を見た。

「千賀《ちか》さんは、二親に死なれた後も裏店にいたんですが、四年前に担ぎの小間物売りと所帯を持って、たしか神田の方だと思います」

千賀というのが、竹二郎夫婦の間に生まれた娘だった。


下谷を後にした六平太は急ぎ神田へと向かった。

庄作店の大家が残していた帳面から、千賀は、神田八名川町《やながわちょう》の権兵衛店《ごんべえだな》に居ることが分かった。

神田川に架かる新《あたら》シ橋《ばし》に近かった。

医学館と御籾蔵《おもみぐら》に沿った小路を行った先に、権兵衛店の木戸があった。

「担ぎの小間物屋の女房で、千賀という人が居るはずなんだが」

井戸端で遊んでいた五、六ばかりの男の子に聞くと、

「右側の一番奥」

一人の男の子が、二つ向かい合った棟割り長屋の右側を指さした。

「ありがとよ」

六平太が教えられた家の前に立つと、『こまもの　末七《すえしち》』と書かれた障子戸があった。

「仕入れの金がいるんだよっ」

中から男の怒鳴り声がした。

声を出しかけた六平太が言葉を飲んだ。

「あんたにこうもたびたび持ち出されたら、わたしがいくら働いたって、暮らしが立たないじゃないか！」

言い返す女の声がした。

「ごめんよ」

六平太は思い切って、勢いよく戸を開けた。

柳行李《やなぎごうり》にしがみついていた女の身体を引き離そうとしていた男が、驚いて六平太を見た。

「末七さんの家は、こちらでいいのかな」

「あんた、どちらさんで？」

聞いたのが恐らく末七だろう。

「元鳥越の秋月って者だが、千賀さんに用事があってね」

柳行李にしがみついていた女が顔を向けた。

苦労が沁みついて老けて見えるが、二十二、三位のはずだ。

「お前、なにやらかしたんだ」

詰《なじ》るような眼を女に向けた末七が、辺りに散乱した小間物を集め始めた。

担ぎの小間物売りは大きな商家や料理屋などに出入りするが、相手にするのは殆《ほとん》どが女中や下女たちだった。

「以前、下谷金杉の庄作店に居た千賀さんかい」

女が、六平太に小さく頷いた。

「金杉の裏店にいた時分、亀助さんて兄さんがいたはずだが」

ぜんまい仕掛けのように身を起こした千賀が眼を丸くした。

「年のころは二十六、七の」

「二十五です」

六平太の言葉を遮って、千賀が鋭い声を発した。

「兄ちゃん、生きていたんですか」

六平太が、今の亀助の様子を話すと、千賀は両手で口を押さえた。

食べ物屋からは繁盛神と言われていると言った時、

「繁盛神だって？」

末七の顔に驚きが走った。

「それが、お前の兄さんなのか」

末七の眼が落ち着かなく揺れていた。

「それで兄ちゃんは、いまどこに」

「深川の『おたふく』って一膳飯屋だよ」

六平太は、塒《ねぐら》の定まらない亀助を長年にわたって面倒を見て来た多兵衛夫婦のことも話した。

八つ（二時頃）を過ぎた永代橋を渡る六平太のすぐ後ろに、千賀の逸《はや》るような下駄の音が続いていた。

「すぐにでも連れて行って下さい」

千賀に言われるまでもなく、六平太はそのつもりだった。

亭主の末七が商いに出るとすぐ、六平太と千賀は八名川町を出た。

千賀の早足につられるように、六平太も急いだ。

「こちらが亀ちゃんの妹さんだよ」

深川新地の『おたふく』に入るなり、六平太が千賀を指した。

小上がりの框《かまち》に腰掛けていた多兵衛と女房が、大きなため息をついた。

「とっつぁん、亀ちゃんは」

「それがさ、半刻ばかり前にふらりと出て行ったよ」

「すまなかったねぇ」

女房が声を掛けると、千賀はがくりと樽の腰掛けに尻を乗せた。

「茶でも淹れるよ」

女房が、板場に消えた。

六平太も、千賀の近くに腰掛けた。

三人とも声が無かった。

微《かす》かに波の音が入り込んでいた。

「亀ちゃんは、十五、六まで金杉にいたんだねぇ」

六平太の声に、千賀がゆっくりと顔を上げて、頷いた。

「あんたが生まれてからも、亀ちゃんの養い親は手元に置いてやってたようじゃないか」

「親は口には出しませんでしたけど、本当はどこかに行って欲しいと思ってたんです」

千賀が苦笑いを洩らした。

奉行所の許しを得、町から養育費十両（約百万円）を貰《もら》っていた手前、十になるまでは追い出せなかったようだと、千賀が言った。

六、七位になると、亀助は親のいうことを素直に聞いて小銭稼ぎをしたという。竈の火付けの木端集めをし、灰を集めては灰買いに売った。貝の剝《む》き身売りもした。

「わたしが友達と遠くまで遊びに行くと、兄ちゃんが探しに来て、帰りはいつもおんぶしてくれました。言葉は上手《うま》く出ませんでしたけど、気が良くて、周りに迷惑を掛けることはありませんでした。たまにしくじりはあったけど、周りの人は許してくれたんです。亀ちゃんだったらしょうがないなんて」

十になった亀助は、父竹二郎の知り合いの畳屋に奉公に出された。

だが、半年もせずに追いかえされた。

その後、家の暮らし向きのこともあって、蜆《しじみ》売り、歯磨き売り、納豆売りと、いろんな仕事に就かされたが、全てが上手くいかず、養い親を嘆かせた。

千賀も、十を過ぎた時分から表通りの旅籠《はたご》や料理屋の台所に働きに行くようになった。

働くと言っても、殆どが子守だった。

「ある日、子守から帰ったら、家に兄ちゃんの姿がありませんでした」

千賀が俯《うつむ》いた。

日暮れになっても帰らないので二親を問い詰めると、

「亀は出て行った」

母親が答えた。

「その方があいつにはいいんだよ」

背中を向けていた父親が吐き出すように口にした。

兄ちゃんは家を出された——そう感じた千賀は、暮れなずむ町に飛び出して、泣きながら亀助を探し回った。

十年前、千賀が十一の時だった。

「兄ちゃんがこんな目に遭ったのは、わたしが生まれたせいなんです。お父《と》っつぁんやおっ母《か》さんが——」

唇を噛んだ千賀が、両手で顔を覆った。

多兵衛の女房が、六平太と千賀のいる卓に湯呑を四つ並べた。

「あんたがそんな風に気に病むことはないさ」

小上がりから移って来た多兵衛が、千賀に優しく声を掛けた。

「亀ちゃんは、人を恨むってことを知らないからなぁ」

茶を啜った多兵衛が、更に続けた。

「ただ飯を食って役人に突き出されたことも、叩き出されたことだって数えきれないくらいあったはずだよ。そんな話をあちこちから聞くが、亀ちゃんが怒った姿を見た者は一人もいないんだ」

千賀が、多兵衛を見た。

「初手は亀ちゃんに腹を立ててた者も、何度か会ううちに許してしまうようになったんだ。旨そうに飯を食う様子に、周りは和むって言うんだ。けど、亀ちゃんが今日みてぇにふらりと出て行くのは、何も嫌になったってわけじゃなく、ただ、どこかに行きたくなるだけのことなんだ。亀ちゃんは気ままで居たいだけなんだよ」

多兵衛のいう亀助の性情は、六平太も少し分かりかけていた。

「親父、飯だ」

声を上げて飛び込んだ職人二人が、戸惑ったように立ちすくんだ。

「掛けな」

多兵衛が腰を上げると、職人二人は少し離れた卓に着いた。

「親父、久しぶりに亀ちゃんが来てたようだな」

襟に『左官』と染め抜かれた法被《はっぴ》を着た職人が言った。

「なんで知ってる」

「今さっき、二、三人の野郎どもに連れて行かれてたぜ」

「なに」

六平太が、身体ごと職人を振り向いた。

「堀川町んとこで船に乗せられてよぉ」

もう一人の左官が言った。

「ここで待ってな」

千賀に言うと、六平太は『おたふく』を飛び出した。

堀に面した真田家下屋敷を左に見ながら、六平太は堀川町まで一気に駆け通した。

「ついさっき、男どもの乗った船を見なかったか」

留めた船に荷積みをしている人足に声を掛けると、

「そんな船は、ここじゃ何艘《そう》も行き来してるよ」

と返事が返って来た。

堀を行き交う船に眼を遣った六平太の口から、ため息が洩れた。

五

亀助が『おたふく』から姿を消して三日経った夜である。

柳橋の西に立つ柳の陰に佇んだ六平太は、下柳原同朋町《しもやなぎはらどうぼうまち》の料理屋『岩政《いわまさ》』の玄関を窺っていた。

料理屋『岩政』の暖簾は掛かっていて、中に、わずかだが人の動きがあった。

この日の夕刻、六平太に鰻屋『兼定』から呼び出しがかかった。

亀助を連れて来ないことで、定松から怒鳴られるに違いないと覚悟をしていた。

「どうやら、下柳原同朋町の『岩政』に亀助がいるようだ」

定松は、顔を出した六平太に苦々しく囁いた。

『岩政』の主人が知り合いに、

「うちには繁盛の神様が居る」

というようなことを吹聴《ふいちょう》していることが、定松の耳に入ったというのだ。

「中には法螺《ほら》を吹く者もいるから、事の真偽を確かめてもらいたい」

定松に頼まれて、六平太は『岩政』が店じまいするのを待っていた。

両国広小路界隈も、五つ（八時頃）を過ぎると昼のような喧騒《けんそう》は消えていた。

料理屋『岩政』の暖簾が仕舞われ、中の明かりが殆ど消えた。

懐に突っ込んでいた手を出すと、六平太は『岩政』の勝手口へと向かった。

「主に話がある」

誰も居ない板場で、六平太が大声を発した。

前掛けをつけた若い奉公人と、五十絡みの恰幅《かっぷく》のいい男が板張りに立った。

「主の政五郎《まさごろう》ですが何か」

恰幅のいい男が、品定めでもするように六平太を見た。

「亀助の行方を探してるんだが」

奉公人が、顔をしかめた政五郎に何ごとか耳打ちされると、急ぎ板場を離れた。

「なんのことか分かりかねますが」

小さく笑みを浮かべた政五郎が、その場に座り込んだ。

「繁盛神が家に居ると言って回ってるそうだが」

「さぁ」

政五郎が首を傾げた。

「おれは、かどわかされた亀助を探し出して妹のところに連れていくのが仕事だ」

「かどわかし？」

政五郎の顔色が曇った。

「こんなことはしたくねぇんだが、家探しをさせてもらおう」

六平太が刀を抜くと、政五郎に切っ先を向けた。

青ざめた政五郎が仕方なく立って、廊下に出た。

政五郎が、板場から廊下に出てすぐの板戸を開けた。

両手を後ろ手に縛られた亀助が、薄べりの上に転がされていた。

「神様をこんな風に扱っちゃまずいだろう」

亀助の手を縛っていた縄に、六平太が刀の切っ先を差し入れた。

縛りの解けた亀助が、六平太に気付いて目尻を下げた。

「『岩政』の旦那、亀助の居所をどうやって知った」

「ここに出入りしてる小間物屋が」

六平太が思わず眉をひそめた。

「お待ちを！」

政五郎が、板場に出た六平太と亀助の行く手に這《は》いつくばった。

「なにとぞ繁盛の神様をわたしにお預け下さいまし」

板張りに額までこすりつけた。

「亀助を無理に留め置いてもご利益はないらしいぜ。亀助が選んで入った店がたまたま」

「いいんです！　このままじゃ『岩政』は店じまいするしかありません。あとは繁盛神様に縋《すが》るしかないのです」

六平太の言葉を断ち切って、政五郎が懇願した。

「亀ちゃん、行こう」

六平太と亀助が土間に下りかけた時、慌ただしい足音がして、板場の外から四人の男が飛び込んできた。その中の一人は、政五郎に耳打ちされて姿を消した奉公人だった。

「早く繁盛神様を取り戻しておくれ」

立ち上がった政五郎が、狂気をはらんだ眼で叫んだ。

顔に火傷《やけど》の痕《あと》のある男が匕首《あいくち》を抜いて、六平太に突っ込んで来た。

身体を捻って匕首をかわした六平太が、片腕を摑んで調理台の上に投げた。

傍にあった桶《おけ》を摑んだ六平太が、匕首を振りかざしたもう一人の男の脳天に叩きつけると、箍《たが》が外れてばらばらに散った。

「まだやるのかっ」

六平太が凄《すご》むと、他の二人は匕首を手にしたまま板場の外に飛び出した。

桶を叩きつけてやった男は、覚束ない足取りで仲間の後を追った。

「なにがありましたんで――」

外から入って来た男が、板場の有様を見て息を飲んだ。

酒で顔を赤らめた末七が、六平太を見て口を開けた。

「お前、女房の兄さんを売ったな」

「お、おれはただ、繁盛神を知ってるって」

「連れて来たら『岩政』の奉公人にしてもらいたいと言ったのはお前じゃないか」

政五郎と末七がなすり合いを始めた。

「料理屋の奉公人になれれば、担ぎの小間物屋から足を洗えるからね」

更に顔を赤くした末七が、六平太に胸をそびやかして見せた。

「亀助は」

六平太が見回すと、政五郎と奉公人も慌てて辺りを見回した。

「探します」

奉公人がばたばたと奥に駆け去った。

板場の騒ぎをよそに、亀助はどこかに消えてしまったようだ。

「繁盛神が去ったからには、お前との決めごとはなしだよっ」

政五郎が喚《わめ》くと、青ざめてよろけた末七が、戸口の柱に手を突いた。


料理屋『岩政』を出た六平太は、柳橋へと急いだ。

神田川を渡れば、元鳥越まではすぐである。

鰻屋『兼定』への報告は明日の事にした。

柳橋に差し掛かった時、吉川町の路地から出てきた人影が、通塩町《とおりしおちょう》の方にゆっくりと立ち去るのに気付いた。

月明かりを浴びた姿形からお店者《たなもの》に見えなくもないが、音を消したような足の運びが六平太の眼を引いた。

路地の暗がりで六平太を待っていたような気がしたのは、思いすごしだろうか。

六平太は思いを吹っ切るように、柳橋を渡った。


翌朝、雲行きが怪しくなったのは五つ（八時頃）の鐘を聞いた後だった。

元鳥越、市兵衛店は黒雲に覆われて、まるで夕方のように暗くなった。

六平太が二階の物干しから布団を急ぎ取り込んでいると、井戸端から洗濯ものを抱えて来たお常が、家の中に飛び込むのが見えた。

直後に土砂降りの雨が降りだした。

六平太が階下の長火鉢の前で茶を淹れはじめた四つ（十時頃）時分、小雨に変わった。

亀助はこの雨の中、どこにいるのか——ふと六平太の頭を過《よ》ぎった。

たった二、三日行動を共にしただけだが、亀助に声を掛ける連中がそこここにいるということを知った。

そのことが、六平太の不安を少し軽くしていた。

「これじゃ、熊八も留吉も大弱りだね」

向かいの家から噺家の三治が飛び込んで来た。

大道芸人の熊八も大工の留吉《あずか》も、雨は天敵である。

「茶ならおれも御相伴に与りたいもんですな」

両の掌《てのひら》を擦り合わせながら上がり込んだ三治が、水屋から勝手に湯呑を出すと、長火鉢の猫板に置いた。

「秋月さん、二、三日前に市兵衛店を窺う男がいたって話、聞いてます？」

「いや」

六平太は二つの湯呑に茶を注いだ。

「眼にしたのは、仕事帰りの熊八なんですがね、瓜実顔《うりざねがお》の優男《やさおとこ》が市兵衛店を窺ってたって言うんですよ」

「何もんだ」

「別の日に見た留さんが言うには、町人髷《まげ》を結ってたそうだが、裾捌《さば》きや身のこなしが、どうも素っ堅気とは思えなかったそうです」

湯呑を運びかけた六平太の手が、止まった。

昨夜、柳橋で見掛けた男と似ていた。

「こちら、秋月様のお宅でしょうか」

傘を差したお店者が、戸口に立った。

「そうだが」

「大川端町の料亭『磯《いそ》の家《や》』の者ですが、秋月様に文を届けるようにと言付かって参りました」

「おれが」

土間に近い三治が立って、使いの者から結び文を受け取った。

「ひとつよろしゅう」

辞儀をすると、使いの者が立ち去った。

六平太が開いた結び文には、『今夜六つ、磯の家で。俊《しゅん》』と書かれていた。

「料亭から結び文たぁ、色っぽい匂いが漂いますねぇ」

三治がからかいの声を上げた。

六平太は、結び文を長火鉢にくべた。


雨が上がった八つ半（三時頃）過ぎに市兵衛店を出た六平太は、大川端町に行く前に神田八名川町に立ち寄った。

権兵衛店の千賀の家の戸口で声を掛けると、中から戸が開いた。

「どうぞ」

六平太を中に入れた千賀の顔はどんよりと暗く、片眼のふちが腫《は》れていた。

唇にも小さな傷があった。

「千賀さん、実は」

「昨夜、うちの人の様子がおかしいから、わたし、問い詰めたんです」

千賀が、六平太の言葉を押しのけるように言い放った。

「せっかく運が開けるという時に、付添いの浪人が邪魔しやがって」

末七は、昨夜の『岩政』の出来ごとを白状すると、千賀と揉《も》めた挙げ句、家を出て行ったという。

「兄ちゃんに非道なことをして、きっともう、末七はここには帰って来ませんよ。いえ、帰って来たって、誰が入れてやるもんですか」

唇を嚙んだ千賀の眼が据わっていた。

「そのうち、亀助はみつかるよ」

六平太が框から腰を上げた。

「秋月様。今度兄ちゃんに会うことがあったら、帰るところはここにあるって、そう伝えて下さい」

六平太は頷いて、千賀の家を後にした。

その足で、日本橋佐内町の鰻屋『兼定』に寄ると、

「『岩政』には亀助はいなかったよ」

定松に一言告げただけで、六平太は大川端町へと向かった。

大川端町に着いた頃、六つ（六時頃）を知らせる鐘の音がした。

料亭『磯の家』に入った六平太が名乗ると、

「お待ちです」

女中が二階へと案内に立った。

六平太が座敷に入ると、盃を口に運んでいたお俊が、笑みを湛《たた》えて頭を下げた。

「御用の時はお声を」

廊下の女中が襖を閉めた。

「いくら待っても、柳橋に赤い糸を見掛けませんので、こちらからこうして」

お俊が、立ったままの六平太を見上げた。

六平太が襖を開くと、次の間には一組の夜具が用意されていた。

「今夜は、夜通しお話し出来ればと――」

「話ねぇ」

「どうぞ御座りになって」

六平太は、酒肴《しゅこう》の載った膳を挟んでお俊と向き合った。

「おひとつ」

お俊が六平太に近づくと、横座りになって銚子《ちょうし》を差し出した。

盃を差し出した六平太に、まるで凭《もた》れかかるような形でお俊が注いだ。

「話っていうのは、五郎兵衛のことか」

六平太が、盃を口に運んだ。

「人ってものは、死に際に大事なことを洩らしたり、言い残すと言いますから、秋月様からもう一度五郎兵衛が何を話したかを」

「この前言ったはずだが」

「紅葉のことは伺いましたけど、他に何か、たとえば場所のことを言ってなかったかどうか」

「そんなことを、五郎兵衛がどうしておれに話したと思うんだ」

「秋月様は、五郎兵衛が最後に会ったお人ですから」

「最後に会ったのは、五郎兵衛の首を刎《は》ねた首斬り役人だ」

その役を負ったのは矢島新九郎だが、六平太は名を伏せた。

お俊は不服そうに口元を歪めた。

「五郎兵衛が何か言い残すとすれば、他人のおれなんかより、ゆかりのあるあんたに言いそうだがね」

お俊が、六平太から眼を逸《そ》らした。

「用は済んだな」

何か言いかけたお俊を尻眼に、六平太は座敷を出た。


土間で履き物を履いて、戸を開けかけた六平太の手がふっと止まった。

料亭『磯の家』の表の暗がりに、鈍く光るものがあった。

ふたつ並んだ光るものは、眼のようだ。

「裏口から出たいんだが」

送りに来た女中に言うと、

「こちらへ」

訝《いぶか》りながらも、女中が六平太の先に立った。

裏口から出た六平太は、路地を進み、塀の陰から料亭の表を覗いた。

天水桶の陰に潜んでいる人影が二つ三つあった。

料亭の戸が開いて、女中に送られたお俊が、下駄で地面を蹴《け》るようにして出てきた。

潜んでいた人影が三つ飛び出すと、お俊を取り囲んだ。

「お前らは」

お俊が三人を見て息を飲んだ。

「お俊さんよ、おめぇ、お頭を売ったな」

頬被《ほおかぶ》りをして顔立ちは分からないが、一人が凄味のある声で言った。

「なんの話だよ」

「お頭の隠れ家を役人に知らせたのはおめぇ、それと雲太郎《くもたろう》の野郎だ」

「何をお言いだよ重吉《しげきち》さん」

お俊が、凄味のある声を出した男に笑顔を向けた。

「お頭は知らなくても、おれたちはおめぇと雲太郎の仲は気付いてたよ」

重吉と呼ばれた男に付いていた二人の男が、お俊の腕を両脇から抱え込んだ。

「雲太郎の所に案内しろ」

重吉が言うと、途端にお俊が腕を振り払おうと暴れ出した。

「面白くなってきた」

腹で声を出した六平太が路地から飛び出して、お俊の腕を抱えていた男の肩に手刀を叩きつけた。

「なんだてめぇは！」

重吉が匕首を抜くと、お俊の腕を放したもう一人の男も匕首を抜きざま六平太に突っ込んで来た。

脇差《わきざし》を抜いた六平太は、男の腕に峰打ちを加えると、伸び切った足の膝《ひざ》の裏に蹴りを入れた。

「お俊、おめぇら用心棒を抱え込んだのか」

重吉が憎悪を剝き出しにした。

「そうだよっ」

あざ笑うようにお俊が叫んだ。

匕首を腰溜めにした重吉が俊敏な動きで六平太に迫った。

切っ先が脇腹に届く寸前、体を捻った六平太が、重吉の肩に脇差の峰を打ち込んだ。

「殺しておくれよ。こいつらみんないっそのこと殺して！」

お俊が、地面で動けなくなった重吉ら三人を指さして喚いた。

周りの家から慌ただしく戸の開く音がして、人の声もした。

料亭『磯の家』からは男衆が三人飛び出して来た。

「近くの番屋に知らせろ。それと縄だ」

六平太が言うと、男衆の一人が走り去った。

六平太は、しゃがみこんで重吉らの頰被りをむしり取った。

一人の顔に見覚えがあった。

五郎兵衛の引き廻しが済んだあと、神田川の畔《ほとり》で六平太に声を掛けた二人のうちの一人だった。

重吉ら三人の手を縛りあげた時、お俊の姿は消えていた。

「先夜捕えた重吉は、犬神の五郎兵衛の片腕と言われていた男でした」

市兵衛店に六平太を訪ねてきた新九郎がそう言った。

大川端町の一件があってから二日目の朝だった。

六平太は、市中引き廻しに同行した日から、五郎兵衛に関わりのある者が次々に現れことを打ち明けた。

「重吉はじめ、男二人は先日、秋月さんのお働きでひっ捕えましたが」

「そいつらより前に、五郎兵衛ゆかりの者だと言う女も近づいて来てたんだよ。ゆかりの者と言ったが、あれは五郎兵衛の情婦だ」

「お俊という女ですね」

「知っていたのか」

「その女と雲太郎という子分の事は、捕えた重吉が吐きました」

新九郎は昨日、重吉から聞き出した雲太郎の隠れ家を急襲したのだが、お俊と雲太郎は既に引き払っていて、行き先も分からなかったという。

「女が秋月さんに近づいたわけはなんでしょう」

「しきりに尋ねたのは、打ち首になる五郎兵衛がおれに何か言い残さなかったかということだったが」

「ほう」

新九郎が、思案するように虚空を見つめた。

「秋月さんの言うように、重吉が、お俊というのは五郎兵衛の女だと言っていましたが」

そのことは、六平太は端《はな》から感づいていた。

先夜のお俊と重吉のやりとりから、五郎兵衛は、情婦と雲太郎という間男に裏切られたことも察せられた。

恐らく、重吉とお俊は五郎兵衛の隠し金を巡って睨《にら》み合っていたに違いない。

「こちら秋月さんのお住まいで」

戸口に若い棒手振りが立っていた。

「そうだよ」

「深川の『おたふく』の親父さんに頼まれてきました。亀助が来ていると伝えてくれとのことです」

「分かった」

腰を上げた六平太が、棒手振りを呼びとめた。

「すまんが、神田八名川町、権兵衛店の千賀という人にもそのことを伝えてもらいてえが」

六平太が、二十文ばかりを握らせると、

「承知しました」

棒手振りが頷いて立ち去った。


深川の新地は、柔らかな日差しを浴びていた。

鳥越明神の前で新九郎と別れた六平太は、飛ぶように深川へ駆けつけた。

『おたふく』に飛び込むと、卓についた亀助が丼飯を掻きこんでいた。

板場から出てきた多兵衛と女房が、六平太に笑顔を向けた。

「いまお茶を」

女房が板場に引っ込んだ。

亀助の隣りの卓で多兵衛と向かい合った六平太は、亀助が料理屋『岩政』に摑まっていた一件を打ち明けた。

「みんな、亀ちゃんを神様だなんて言うが、そりゃ違うよ」

多兵衛が笑った。

「神様を傍に置いたからって、繁盛するこたぁねぇさ。儲けを狙って手を替え品を替えても駄目なもんは駄目だよ。いつも通り、背伸びも驕《おご》りもせず働くのが一番だ。それに気付きさえすりゃ、客は信用するんだ。神様ってのは、地道に働く人間の隣りにいなさるもんさ」

六平太は、同じようなことを言った四文屋の親父を思い出していた。

からりと戸の開く音がした。

「あ、お出でだ」

茶を運んで来た多兵衛の女房が見た先に、千賀が立っていた。

「亀ちゃん」

多兵衛が声を掛けると、食べ終わった亀助が満足そうに振り向いた。

「兄ちゃん」

千賀の声がかすれていた。

亀助は、突っ立った千賀をぽかんと見た。

「分からねぇかねぇ」

六平太が呟いた時、

「ち、か」

亀助の口から千賀の名が出た。

千賀の眼から涙が溢れ、声も無く、ただ、うんうんと頷いた。

立ち上がった亀助が、千賀の涙を無骨な掌で拭《ふ》いた。

「わたしの家に帰ろう」

千賀の声に、目尻を下げた亀助が大きく頷いた。

六平太は、多兵衛夫婦と共に、八名川町に帰る千賀と亀助を見送りに表に出た。

突然、亀助が千賀の前に背を向けて腰をかがめた。

「なに？」

亀助の手が、『乗れ』というように動いた。

「わたしをまだ子供だと思ってるの？」

千賀は笑って断ったが、亀助の手が催促した。

「重いよ」

千賀が亀助の耳元でそう言うと、亀助の背中に身を預けた。

千賀をおんぶした亀助が、ゆっくりゆっくり歩き出した。

そして、道の角から消えた。

「亀ちゃん、また来てくれるかね」

「いや、ここにはもう来ない方がいいんだよ」

多兵衛が女房に呟いた。

「そのうちおれが顔を出すよ」

六平太は手を上げて『おたふく』を後にした。

深川に来たついでに、木場《きば》の材木商『飛驒屋《ひだや》』に顔を出すつもりだ。

六平太が永代寺門前を木場の方に向かっていると、よれよれの狩衣《かりぎぬ》に塗りの剝げた風折烏帽子《かざおりえぼし》姿の大道芸人とすれ違った。

釣竿を持っているところを見ると、恵比寿《えびす》様の装りのようだ。

十月二十日の恵比寿講が近い。

「あ」

亀助の顔が誰かに似ていると思ったのは、絵や彫り物で見た恵比寿様の顔だった。

六平太は思わず、永代橋の方を振り返った。

千賀をおんぶした亀助が、目尻を下げて橋を渡る光景が目に浮かんだ。

第四話　嘘つき女

一

十月も半ばを過ぎると、朝晩はかなり冷え込んだ。
井戸端で顔を洗うのが嫌になる。
洗った顔を拭《ふ》いて、秋月六平太《あきづきろっぺいた》がふっと眼《め》を上げた。
元鳥越《もととりごえ》、市兵衛店《いちべえだな》の隣家の柿《かき》の木に、色づいた実がいくつか生《な》っていた。
手拭《てぬぐい》を肩に掛けると、六平太は井戸端を離れた。

六平太の家は、平屋の棟割り長屋と路地を挟んで向かい合う二階家の一番奥にあった。

家に戻るとすぐ、六平太は七輪に火を熾《おこ》した。

炭壺《すみつぼ》に貯《た》めていた消し炭を載せると、すぐに火が点《つ》いた。

火の点いた炭を十能《じゅうのう》に取って長火鉢に移すと、土鍋《どなべ》を五徳に乗せた。

残り物のうどんを温め直して朝餉《あさげ》にするのだ。

昨夕、仕事帰りに立ち寄った噺家《はなしか》の三治《さんじ》と夕餉の心配をしている時、

「こう寒いと温かいもんを食いたいな」

六平太が呟《つぶや》くと、三治が乗った。

「なんならここで二人分作ろうじゃありませんか」

「話が聞こえましたよ」

帰って来たばかりの熊八《くまはち》も加わって、その夜は市兵衛店の独り者三人がうどんを煮込むことになった。

五徳に掛けていた鍋から湯気が立ち始めた。

土鍋を猫板に下ろすと、六平太の朝餉が始まった。

昨夜入れていた葱《ねぎ》やかまぼこは、かけらも残っていなかった。

このところ、六平太には紅葉見物の付添い依頼が立て込んでいた。

三日先の依頼は重なっていたのだが、六平太は迷わず、木場《きば》の材木商『飛騨屋《ひだや》』の依頼を引き受けることにした。

「おはようございます」

戸口に、十五、六の娘が立った。

何度も顔を合わせたことのある、代書屋『斉賀屋《さいがや》』の小女《こおんな》だった。

「なにごとだね」

六平太が箸《はし》を止めた。

「旦那《だんな》さんが、秋月様が御手空《おてす》きの時にお越し願いたいとのことです」

「おれに？」

「相談したいことがあるとかで」

「梶兵衛《かじべえ》さんには、承知したと言っておくれ」

小女はニコリと微笑《ほほえ》むと、下駄を鳴らして駆け去った。

代書屋に相談されるようなこととは何だ。──首を傾《かし》げて、六平太はうどんを啜《すす》った。


日が昇って辺りが温《ぬく》みを帯びた四つ（十時頃）過ぎ、六平太は市兵衛店を出た。

浅草御蔵《おくら》に通じる表通りに、耳障りな百舌鳥《もず》の声が響きわたった。

鳥越明神から元旅籠町《もとはたごちょう》の『斉賀屋』までは、線香一本燃え尽きる位歩けば行きつく道のりである。

「ごめんよ」

『斉賀屋』の暖簾《のれん》を割って、六平太が土間に入ると、文机《ふづくえ》で筆を動かしていた博江《ひろえ》が顔を上げた。

「梶兵衛さんに呼ばれてね」

「ええ。どうぞこちらに」

腰を上げた博江が、上がるように手で促した。

六平太が博江に案内されたのは、店の奥の座敷だった。

「秋月様、わざわざ恐れ入ります」

梶兵衛が、呼びに行った博江と共に現れて六平太と向かい合った。

博江も、梶兵衛の脇に座った。

「事の仔細《しさい》は、博江さんの口から」

梶兵衛に促されて、

「三、四日前のことなのですが」

博江が話を始めた。

どこかの奉公人と思える十三、四の娘が『斉賀屋』に来て、文《ふみ》の代書を頼んだという。

博江は娘が口にする文言通りに書き終えた。

「それが、書いている時から気になる内容でして。いきなり、『おっ母《か》さん、どうしよう』という言葉で始まったんです」

梶兵衛が、袂《たもと》から一枚の紙を取り出して六平太に差し出した。

「書いた文は本人に渡しましたから、これは博江さんが後で、文面を思い出して書いたものです」

六平太が、梶兵衛から受け取った紙に眼を遣《や》った。

『わたし、お店をやめたい。

ほんとうはやめたくないけど、このまま居ると、恐ろしいの。

お店の隠し事を知ったの。

おかみさんの眼が恐《こわ》い。体が震えるの。

もう、これ以上、隠し事を抱えてはいられないよ。助けて。

おっ母さん、お父《と》っつぁん、兄ちゃん、姉ちゃん。助けて。

お願い、わたしを迎えに来て。　たまよ』

「おおよそ、そんな内容だったんです」

博江が、気遣わしげな声を出した。

「博江さんからそれを見せられまして、これはただ事ではないと。なにか悪事が絡んでいるとすれば大事ですから、お役人に届けた方がいいのかどうか、秋月様にご相談しようと思いまして」

梶兵衛が、窺《うかが》うように六平太を見た。

しかし、これだけでは奉行所にしても動きようはあるまい。

文面の最後にある、『たまよ』というのが娘の名だとは分かる。

だが、奉公先もどこから来たのかも博江は分からないという。

「でもそんなに遠くから来たようには思えませんでした。小さな風呂敷《ふろしき》包を抱えていて、お使いの帰りにここへ立ち寄ったような様子でしたので」

博江の推測に、六平太は感心した。

「もし奉公先が近くなら、また見掛けることもあるでしょう。それを待つしか手立てはないな」

六平太には、他に良策がなかった。

「博江さん、この文面を、もう一枚書き写してもらいたいが」

手元に置いて折に触れて見返せば、事によっては手掛かりが読み取れるような気がした。

浅草寺界隈《せんそうじかいわい》はいつ来ても人で賑《にぎ》わっていた。

近隣で働く者の数もかなり多いが、浅草見物にやってくる人も相当の数だった。

大根を抱えた参拝者が何人か、待乳山聖天社《まつちやましょうでんしゃ》に入って行くのが見えた。

『斉賀屋』を出た六平太は、聖天町に足を延ばすことにした。

音吉《おときち》と佐和《さわ》の間に生まれた勝太郎《かつたろう》は、半年も経《た》つと顔付きも身体《からだ》付きも大分はっきりとして、顔を見るのが楽しみになっていた。

「おれだが」

声を掛けて、六平太は音吉の家の戸を開けた。

「兄上」

縫物の手を止めた佐和が、笑みを向けた。

「おうおう、一丁前に寝てやがる」

上がり込むとすぐ、六平太は寝ている勝太郎の顔を覗《のぞ》き込んだ。

「子供は寝るのが商売ですよ」

佐和が、長火鉢で茶の用意を始めた。

「子供の晴れ着も仕立て直すのか」

針箱のそばにあった縫いかけの小さな着物に六平太の眼が行った。

「それはおきみのですよ」

「あぁ」

おきみというのは、音吉と死んだ先妻の間に生まれた娘である。来月の七五三の日、おきみは帯解きを迎えるという。子供から娘になる七つの女の子の祝い事だった。

七五三のその日、七つの女の子は晴れ着を着て産土神《うぶすながみ》にお参りをする習わしがあった。

聖天町生まれのおきみがお参りするのは浅草神社のはずだ。

「仕立て直しが立て込んで間に合わなくなると困りますから、今のうちから縫っておこうと思って」

笑顔を浮かべた佐和が、湯呑《ゆのみ》を火鉢の縁に置いた。

「いただくよ」

六平太が湯呑に手を伸ばした。

「こちらには何か用事で？」

「代書の『斉賀屋』に呼ばれてね」

「博江さんに？」

「主《あるじ》の梶兵衛さんだよ」

一口茶を口に含んだ六平太は、『斉賀屋』に呼ばれた一件を佐和に話した。

「これはその文面の写しだ」

博江に書き写してもらった紙を広げた。

それを読んだ佐和の表情が曇った。

「十三、四と言えば、親元を離れて間もない女の子だわ」

「そうだな」

「知り合いもなく、江戸のどこかで胸を痛めてるとすれば、なんだか哀れですね」

佐和は、代筆を頼んだ娘の心情に思いを馳《は》せていた。

「博江さんが心配する気持ちも分かりますよ」

写しの紙を畳んで六平太に手渡しながら、

「なんとか探し出すことは出来ないのですか」

佐和が呟いた。

「難しいな」

六平太は紙を懐に仕舞い込んだ。


広大な敷地を持つ天王寺《てんのうじ》の屋根や木立を右に見ながら、六平太は『飛騨屋』の内儀おかねと娘の登世《とせ》に続いてゆるやかな坂を下っていた。

下谷《したや》正燈寺《しょうとうじ》の紅葉見物に行く『飛騨屋』の母娘の付添いである。

代書屋『斉賀屋』の帰りに聖天町を訪ねた二日後の朝だった。

日の出から一刻（約二時間）近く経った朝日が、三人の真正面で輝いていた。

江戸で有名な紅葉の場所は、上野山内、王子の滝野川、目黒不動、品川海晏寺《かいあんじ》、根津権現それと下谷の正燈寺だった。

当初、登世は目黒不動に足を延ばしたいと言っていた。

だが、木場を訪ねた六平太がしきりに正燈寺を勧めると、登世とおかねは快く言い分を聞いてくれた。

「下谷なら、前の日から日暮里《にっぽり》に行くことにします」

登世はそう言った。

日暮里にある『飛驒屋』の別邸を、母娘は行楽の前後によく使っていた。

六平太が正燈寺を勧めたのは、元鳥越から下谷が近いということもあった。

『おめぇ、紅葉の名所をつらつら並べていたが、下谷にゃ正燈寺のほかにも名所はあるんだぜ』

九月の初め、市中引き廻《まわ》しの列に同道した時、盗賊、犬神《いぬがみ》の五郎兵衛《ごろべえ》が六平太に言い放った言葉である。

『正燈寺に近い荒れ寺だが、そこのことは誰も知らねぇ。だがよ、そこの紅葉は正燈寺に負けねぇほどに輝くんだぜ。黄金色に光る葉っぱがよ』

本当にそんな名所があるのか、確かめてみたかった六平太にとって、正燈寺行きは好都合だった。

金杉新田を右に曲がると根岸の畑地が開け、田圃《たんぼ》の中に三島神社の木立が見えた。鶯《うぐいす》も啼《な》き花も咲く根岸の里は、文人墨客《ぶんじんぼっかく》が隠棲《いんせい》したり、商家が競って別邸を作ったりする、四季を通じて人が訪れる場所だった。

下谷正燈寺に近づくと、道に人の列が出来ていた。

「これなら行き先に迷うことはないわね」

六平太の前を行く登世が、横に並んだおかねを見た。

「そうだねぇ」

おかねが、のんびりと返事をした。

「紅葉見物のお帰りにはどうぞお立ち寄りを」

正燈寺近くの道に軒を並べた料理屋や茶店の呼び込みが競うように声を張り上げていた。

「この混みようだから、今のうちに席を頼んでおいたほうがいいわ」

六平太とおかねを表に待たせて、登世が一軒の料理屋に入って行った。

六平太とおかねの前をひっきりなしに人が行き交った。

「昼餉はここよ」

登世が出て来るなり、ふふと笑った。

人の列が向かっている先に正燈寺の山門が見えた。

六平太は、登世とおかねの露払いとなって境内へと入った。

赤や黄に染まった葉が日を浴びて、鮮やかに頭上を覆っていた。

立ち止まれば人に押され、進めば人とぶつかり、優雅に紅葉を愛《め》でることなど望むべくもなかった。

「どうです、この近くの寺も見てみませんか」

六平太が声を掛けると、登世もおかねもすぐに頷《うなず》いた。

余りの混みように辟易《へきえき》していたようだ。

近くの小さな寺を二つばかり散策して、三人は野道に出た。

「近くで見るより、こうやって離れて見た方が綺麗《きれい》ね」

立ち止まった登世が、感嘆の声を上げた。

「ほんとねぇ」

正燈寺の方を振り返ったおかねも顔を綻《ほころ》ばせた。

五郎兵衛が言った荒れ寺はどこか――六平太は四方に眼を遣った。

西の方角の小高い丘にある木々の塊《かたま》りが、東叡山《とうえいざん》だった。

寛永寺の大伽藍《だいがらん》の屋根の先も木立の間に望めた。

六平太は、登世とおかねの先に立って料理屋へと向かっていた。

混雑を極めていた昼時の道に、突然、怒号と悲鳴が上がった。

六平太が立ち止まった人を掻《か》きわけて進むと、袴《はかま》を付けた三人の浪人の前でしきりに頭を下げている初老の男が眼に入った。

「どうか、飲み食いのお代を」

初老の男は、茶店の主のようだ。

「まずいものを食わせておいて、金を払えなどとよく言えたものだ」

酒で顔を赤くした浪人が怒鳴った。

「親父《おやじ》、こいつらのお代はいくらだ」

六平太が、遠巻きになっていた人垣を割って出た。

「酒も大分お飲みになりましたので、二朱（約一万二千五百円）ばかりでして」

「食い逃げはまずいだろう」

六平太が浪人たちに笑顔を向けた。

「食い逃げだと！」

顔を赤くした浪人が吠《ほ》えると、

「無礼な！」

「許さんっ」

他の二人も叫んで、刀の柄《つか》に手を掛けた。

「大人しく言うことを聞いた方がいいぞ」

六平太の穏やかな物言いに、浪人たちはかえっていきり立った。

「偉そうな口を叩《たた》いたな！」

顔の赤い浪人が刀を抜くと、野次馬がどよめいた。

腰を落とした六平太が、横に動きながら抜刀すると赤い顔の浪人の太股《ふともも》を峰打ちにした。

一瞬の出来事だった。

体を支えきれなくなった浪人は、地面に蹲《うずくま》って呻《うめ》き声を洩《も》らした。

刀を抜いていた他の二人は、息を飲んで立ちすくんだ。

「お前たち、払いをどうする気だ」

急ぎ懐から巾着《きんちゃく》を取り出すと、二人で合わせた金を茶店の親父に渡した。

「お前らが抱えてやらんと、こいつはしばらく立てねぇよ」

倒れて呻いている男を肩で支えると、二人はほうほうの体《てい》で人混《ひとご》みの中に紛れて行った。

「ありがとう存じました」

親父が六平太に頭を下げると、見ていた野次馬たちが動き出した。

おかねと登世のいる方へ行きかけた六平太が、ふっと振り返った。

動き出した人の波の中に、一人だけ動かず、六平太を見ていた者がいたような気がした。

目立つような装《な》りではなく、ありきたりの町人姿だった。

二

登世が前もって頼んでいた料理屋の席は、二階の座敷だった。

六平太は、おかねと登世が並んだ向かいの膳《ぜん》に着いていた。

季節の物がふんだんに料理されて、久しぶりに贅沢《ぜいたく》な昼餉だった。

登世が気を利かせて、酒を付けてくれたのも有難い。

食べ終わった頃、押し出しの良い五十絡みの女が入って来た。

「この家の女将《おかみ》でございます」

五十女が手を突いた。

「ご近所の方が先ほどから何人も見えまして、こちら様にくれぐれもお礼をと言いつかっております」

女将が六平太を見た。

「秋月様がさっき、浪人者を退治したことですよきっと」

登世が言うと、

「ええ。そのことでございます。あの連中には、前々から困っていたのでございます」

女将が一気に息を吐いた。

先刻の浪人者は、月に二、三度やって来て飲み食いをするのだが、付けにしろと言って帰り、結局は一度も払わなかったという。

その上、近所の寺に参拝に来る若い女を見ると、酒の相手をしろと迫るなど、前々から迷惑していた。

「ですから、こちら様の先ほどのお働きには、近所の皆さん、胸のつかえが一遍に取れた思いでして」

「秋月六平太様と仰《おつしや》るの」

登世が、満面の笑みを浮かべて胸を張った。

「何者だね」

「千住の道場の方々だそうですが、この辺りの人は、剣術などより強請《ゆすり》たかりの修業をしているんじゃないかと言ってますよ」

女将が眉《まゆ》をひそめた。

「ほほほ、女将さんは面白いことを仰いますこと」

おかねが、楽しそうに身をよじった。

四谷にある相良《さがら》道場の師範、相良庄三郎《しょうざぶろう》が、「近頃は、信用ならない町道場が乱立している」と嘆いていたことを六平太は思い出した。

「時に女将、正燈寺の近辺に荒れ寺があるかな」

「二つ三つ、あったように思いますが」

女将が小首を傾げた。

「秋月様は、お寺をお探しですか」

登世が、訝《いぶか》るような顔をした。

「はい」

六平太が、真顔で頷いた。

「まさか、仏門にお入りになるおつもりですか」

ははははは！　――いきなり、六平太が大笑いした。


八丁堀の西に日が沈みかけていた。

永代橋《えいたいばし》から新川を通って、六平太は北島町に向かっていた。

『飛騨屋』のおかねと登世を木場に送り届けた帰りだった。

「帰りは大川に出て、船を仕立てましょう」

下谷正燈寺近くの料理屋でゆっくりと昼餉を済ませた後、登世が言い出した。

六平太と母娘は、三ノ輪から日本堤《にほんづつみ》を経て、浅草橋場の船宿で小船に乗りこんだ。

「ゆっくりして行かれませんか」

おかねに勧められたが、六平太は用事を思い出したと言って『飛騨屋』を出た。

用事というのは、嘘《うそ》ではなかった。

北町奉行所の同心、矢島新九郎《やじましんくろう》に会おうと思いついたのだ。

「宅は裏の畑に居りますので、そちらからどうぞ」

新九郎の役宅で声を掛けると、妻女が庭に通じる木戸を手で指した。

小さな庭に面した縁には何度も腰掛けたことはあったが、裏の畑に行くのは初めてのことだった。

同心の役宅の敷地は思ったより広い。

敷地の一角に家を建てて人に貸している同心がいると聞いたことがある。

裏庭に行くと、五間（約九メートル）四方の畑の中で落ち葉を焼いている新九郎がいた。

「これはこれは」

新九郎が笑みを向けた。

泥の付いた大根が二本、新九郎の足元にあった。

「矢島さんに話しておきたいことがありましてね」

六平太が口を開いた。

市中引き廻しの後、打ち首獄門となった盗賊、犬神の五郎兵衛に関《かか》わることだった。

「お俊《しゅん》という女が近づいて来たことは話したね」

「犬神の五郎兵衛の女ですね」

新九郎が頷いた。

近づいたお俊が六平太にしきりに聞いたのは、五郎兵衛が最後に何か言い残さなかったかということだった。

「引き廻しの間に話はしたが、言い残すというほどのことはなかった」

「市中引き廻しが済んで、牢屋敷《ろうやしき》の裏門に入りかけた時、五郎兵衛が秋月さんに何か言ってましたね」

「紅葉の名所のことなんだよ」

六平太が言うと、新九郎が眉をひそめた。

『おめぇ、紅葉の名所をつらつら並べていたが、下谷にゃ正燈寺のほかにも名所はあるんだぜ』

『正燈寺に近い荒れ寺だが、そこのことは誰も知らねぇ。だがよ、そこの紅葉は正燈寺に負けねぇほどに輝くんだぜ。黄金色に光る葉っぱがよ』

『上野山内の紅葉も恐れをなすくれぇの代物だぁ。東叡山寛永寺の大屋根も、首を伸ばして下谷の方を覗くってくらいのもんだ。付添い屋だなんぞと抜かすのなら、よぉく覚えておくこった』

五郎兵衛はそんな言葉を残して牢屋敷の裏門を入って行った。

「初めのうちはなんでもないと思っていたんだが、五郎兵衛が何を言ったかとお俊に尋ねられて以来、ちと気になり始めてね」

「紅葉の名所がですか」

新九郎が軽く唸《うな》った。

「小伝馬町《こでんまちょう》牢屋敷の裏門で、わざわざ馬を止めて、五郎兵衛がなぜおれに紅葉のことを話したのかが――」

六平太からため息が出た。

焼かれていた落ち葉が燃え尽きて、煙を立ち昇らせた。

「秋月さんから何を聞き出したがっていたのか、お俊の口から聞きたいもんですが」

「もしかしたら呼び出せるかもしれないよ」

六平太が言うと、新九郎が眼を見開いた。

「だが、向こうからいつ連絡があるかは分からん。もしかすると、応じないということもある」

話がある時は、柳橋《やなぎばし》の北詰の欄干に赤い糸を結んでおいてくれと言ったお俊の言葉を、六平太は思い出した。

八丁堀からの帰り、六平太は柳橋を渡って、北詰の欄干の柱に赤い布を巻いた。

新九郎の家を辞する時、妻女に分けて貰《もら》った端切《はぎ》れだった。

柳橋から福井町《ふくいちょう》辺りを通った六平太は、浅草御蔵から鳥越明神へと向かった。

六つ（六時頃）の表通りは火灯し頃である。

居酒屋『金時《きんとき》』の前でふと迷ったが、一旦《いったん》、市兵衛店に戻ることにした。

一人で夕餉を摂《と》るより、熊八か三治を誘い出した方が賑《にぎ》やかでいい。

市兵衛店の木戸を潜《くぐ》って自分の家に向かった六平太は、ふと足を止めた。

戸の開いた留吉《とめきち》の家の框《かまち》に、博江の姿があった。

「さっきからお待ちだったんだよ」

お常《つね》とともに博江の相手をしていたらしく、胡坐《あぐら》をかいた留吉が言った。

「この前代筆をした娘さんのことで、思い出したことがありまして」

博江が、手にしていた湯呑を置いた。

「ま、お入りよ」

お常に促された六平太は、戸を閉めて狭い框に腰を下ろした。

博江が思い出したのは、娘が抱えていた風呂敷の隅に染められた模様だった。

欄間に彫られた模様で眼にした事があると言った。

「描けますか」

六平太が聞くと、

「うろ覚えですが」

博江が、小さく首を傾げた。

「留さん、墨と紙はねぇか」

「紙は無くもないが、墨がねぇ」

留吉が、大威張りで背筋を伸ばした。

「墨壺《すみつぼ》じゃいけないのかね」

「お常さん、よく気付いた。留さん、墨壺だよ」

六平太がせっつくと、留吉が、大工の道具箱から墨壺を出した。

鋸《のこぎり》を引く直線を板材や角材に印す、大工道具である。

「筆は――」

留吉とお常が、六平太に向かって首を横に振った。

「わたしが指で」

博江が、墨壺に小指を差し入れた。

「どうせ暮れには張り替えるから、戸に描いとくれ」

お常がそう言った時、外から戸が引き開けられた。

「声がしたもんだから」

派手な羽織を着た三治が、外から顔を突き出した。

「三治、戸を閉めろっ」

「そこは狭いからお上がりっ」

留吉夫婦にどやされて、戸を閉めた三治が土間から上がった。

博江は戸の障子紙の片隅に、墨の付いた小指で模様を描いた。

六平太が、顔を近づけて眼を凝らした。

雲が二つ、重なっているような図だった。

家紋のようでもある。

「こりゃ、雲だね」

三治が呟くと、

「わたしにも、そんな風に見えました」

博江が頷いた。

「雲か。どこかで見たような気もしますがね」

「どちらで」

　博江が、三治を振り向いた。

「これが何か」

「尋ね人の手がかりだ」

　六平太が三治に返答をした。


　六平太と三治が暗くなった路地に出た。

「お騒がせしてすみませんでした」

　夫婦に頭を下げた博江も、留吉の家から出て来て戸を閉めた。

「わたしはこれで」

　六平太と三治にも頭を下げると、博江は木戸を通って市兵衛店を出て行った。

「三治、これから『金時』ってのはどうだ」

　留吉を憚《はばか》って、六平太が囁いた。

「いいですなぁ。あたし、羽織だけ替えて来ますよ」

　小声で返事した三治が、羽織を脱ぎながら、ちりちりちん、口三味線の音をさせて、
六平太の家の向かいに入った。

「思い出したっ」

家に入ってすぐ飛び出した三治が、まっしぐらに留吉の家の戸口へと走った。

「これ」

三治は、外からも透けて見える雲の模様を指さした。

「『津雲屋《つくもや》』のですよ」

三治が、浅草奥山の水茶屋の名を口にした。


翌日の昼前、六平太は博江を伴なって浅草寺境内に入った。

博江が奉公する代書屋『斉賀屋』の仕事始めは、朝の五つ（八時頃）である。

朝早く奥山へ行っても、水茶屋『津雲屋』が開いているとは思えなかった。

見世物小屋や芝居小屋のある浅草寺の奥山は、参拝の連中よりも、色香を目当ての男どもが多く押しかける場所である。

小屋の周辺にある水茶屋、甘味処《かんみどころ》、楊弓場《ようきゅうば》の女は、話がつけば男に身を任せると聞いたことがあった。

吉原《よしわら》はおろか、岡場所《おかばしょ》に比べても安上がりの女が居たのだ。

水茶屋が開くとすれば、日が高く昇ってからだろうと六平太は踏んだ。

仕事の時間に博江を連れ出すことを、代書屋『斉賀屋』の主、梶兵衛は快く承知してくれた。

博江がふっと足を止めて、一軒の水茶屋を指さした。

立てられた竹の先に、『津雲屋』と染められた幟《のぼり》が揺れていた。

通りがかりの男どもを店に誘う女の前掛けにも、二つ重ねの雲の模様があった。

「あぁら、いらっしゃい」

近づいた六平太に声を掛けた顎《あご》の尖《とが》った茶汲《ちゃく》み女が、付いて来た博江に棘《とげ》のある眼を向けた。

「ここに、十三、四の娘がいるかね」

六平太が聞くと、

「あたしのことかしら」

横合いから、丸顔の女がぬっと割り込んだ。

「おれは、十三、四と言ったぜ」

割り込んだ女は二十も半ばだ。

「うちには、わたしらの他、――あ、居たね。裏で湯を沸かす小娘がそんな年頃だ」

顎の尖った女が言った。

「名は」

六平太が聞くと、

「たしか、玉代《たまよ》だ」

顎の尖った女の返事に、博江が息を飲む気配がした。

「だけどあの小娘、手くせが悪くてさぁ。あんたがたも、なんかしてやられた口かい」

丸顔が、六平太と博江を覗き込んだ。

「今、裏にいるのか」

「昨日から、具合が悪いとかで休んでるよぉ。住み込んでる女将さんの家でね」

そう言った丸顔が、

「それであたしが湯沸かしさ」

膨れっ面をした。

三

浅草寺の奥山からほど近い所に、吉原遊郭があった。

吉原大門《おおもん》の前を日本堤と山谷堀《さんやぼり》が並行して東西に伸びていた。

『津雲屋』の女将の住まう元吉町《もとよしちょう》は、山谷堀の北側の田圃の中にあった。

「巡らせた黒塀の中に、やたらと柿の木が植わってるからすぐわかるさ」

顎の尖った茶汲み女が言っていた。

格子戸を開けて、六平太と博江が玄関先に立った。

「ごめんよ」

六平太が声を張った。

中で、障子を開ける音がして、

「誰だい」

玄関の中で女の声がした。

「『津雲屋』の女将さんに、ちょっと話があってね」

六平太が言い終わると、中から戸が開けられた。

「あたしになんの話だい」

土間に付きそうな着物の裾《すそ》をたくし上げた四十女が、六平太と博江にじろりと眼を走らせた。

『津雲屋』の女将だった。

「玉代って娘に会いに来たんだがね」

六平太が言った途端、女将の顔が険しくなった。

「あの子が外で何をしたか知らないが、とやかく言われてもあたしんとこじゃ負いかねますよ」

女将がまくし立てた。

「玉代が何をしたって？」

どてらを羽織った団栗眼《どんぐりまなこ》の男が奥からやって来て、上り口に仁王立ちした。

「旦那《だんな》で？」

六平太が聞いた。

「ま、そんなような」

六平太の笑顔に、団栗眼が気圧《けお》されたように眼を泳がせた。

女将の情夫だろう。

「こちらは代書屋で奉公するお人なんだが、代筆を頼んだ娘さんが玉代さんかどうか確かめたいとお言いなんだよ」

六平太が博江を振り返った。

「少し気になる代筆を引き受けたものですから」

「そんなことでしたか」

博江の言葉に、女将の顔が少し和らいだ。

「上がってもらやいいじゃねぇか」

団栗眼の一言で、六平太と博江は家の中に通された。

女将は台所の見える廊下で立ち止まると、板戸を引き開けた。

窓もなく薄暗い三畳ばかりの板張りに敷かれた布団に、横になっている娘の後ろ髪があった。

「どうぞ」

女将に促されて、六平太と博江が中に入った。

気配に気付いたのか、もぞもぞと夜着《よぎ》が動いて娘が顔を向けた。

「これが玉代だけど」

じっと見た博江が、「この子です」と六平太に頷いた。

玉代は、精気のない眼で六平太と博江を見ていた。

「文の代筆を頼まれた代書屋の者だけど、覚えていますか」

ほんの少し眼を見開いた玉代が、小さく頷いた。

博江は、田舎の母親に宛《あ》てた玉代の文言が気になって来たのだと丁寧に説明した。

「ちょっと待って下さいよ。この子に親は居ないはずですがね」

女将が素《す》っ頓狂《とんきょう》な声を出した。

玉代は二親を早くに亡くした孤児だと、女将が口を尖らせた。

父親の知り合いに育てられていた玉代は、二年前、育ての親に売られて武州《ぶしゅう》柿生《かきお》から女将のもとにやって来た。

「この子に身内は居ない」

売り渡す時、相手の夫婦者が確かにそう言ったのだという。

「聞いたのは誰なんだ」

六平太が女将を見た。

「何人か女を世話してくれてる山女衒《やまぜげん》ですよ」

吉原や岡場所に属して身売り女を斡旋《あっせん》する女衒に対して、各地を歩き回って女を探し出す一匹狼《いっぴきおおかみ》の女衒を山女衒と言った。

「どうなんだい、玉代」

女将に声を掛けられた玉代が、億劫《おっくう》そうに体を動かして布団の上に膝《ひざ》を揃《そろ》えた。

煤竹色《すすたけいろ》の寝巻が玉代の顔色をよけい暗くしていた。

「玉代ちゃん、親兄弟はいないの？」

博江が顔を近づけた。

玉代は、小さく頷いて、そのまま項垂《うなだ》れた。

「でも、文を頼んだ時、おっ母さん、お父っつぁん、兄ちゃん、姉ちゃんって呼びかけてたわね」

玉代は何も言わず、ただ項垂れていた。

「やっぱりこの子は嘘つきなんですよ」

女将が口の端を歪《ゆが》めた。

水茶屋で働く女に買い物を言いつかった玉代が、つり銭を一文二文くすねたこともあると、女将がまくし立てた。

店の金に手を付けたこともあるという。

「お金をためて、代書屋さんで文を書いてもらいたくて」

俯《うつむ》いたまま、玉代がぼそぼそと口にした。

「文を書いてもらって、どこに送るんだいっ」

「送るところは、ありません」

玉代が、唇を噛《か》んだ。

「代書屋さんで書いてもらう時、普段口に出来ないことを言えるし、聞いてくれるから」

「いままで、余所《よそ》でも書いてもらったの？」

博江が聞いた。

玉代が片隅に置かれた風呂敷包に這《は》い寄ると、三つばかりの折りたたんだ文を取り出して博江に渡した。

一通一枚の短い文を読んだ博江が、感に堪《た》えない様子で自分の口を手で押さえた。

「こちらの代書屋に頼んだのがこれだよ」

六平太が、持ち歩いていた写しを女将に見せた。

「なんだいこれは！　隠し事ってなんだい！　おかみさんの眼が恐いって、あたしの何が恐いっていうんだい！」

文の写しを読んだ女将の眼が吊《つ》り上がった。

玉代は、首を一層深々と折った。

「ま、察しはつくがね」

女将がふんと鼻で笑うと、

「十日ほど前だったか、十五になったら客を取ってもらうよと言ったんですよ。それからですよ、この子が無口になったのは」

無口になった上に、頭が痛いとか具合が悪いとか、よく口にするようになったという。

「お客を、取らせるのですか」

博江の声が微《かす》かに震えた。

「そりゃそうですよ。そういう約定を女衒と交わして三両（約三十万円）で買ったんだからね」

「三両――」

博江が、後の言葉を飲み込んだ。

元吉町の帰り、六平太は博江とともに佐和の住む浅草、聖天町に立ち寄ることにした。

博江が代筆をした娘のことを、六平太は佐和に話していた。

その娘の名も居所も分かったことを知らせておかなければなるまい。

「丁度、音吉さんも帰って来たばかりで」

佐和が、六平太と博江を家に上げた。

「お出《い》でなさい」

勝太郎を膝に乗せてあやしていた音吉が笑顔で迎えた。

六平太が玉代に会った様子を話すと、佐和の顔が曇った。

「博江さんに頼む前、余所の代書屋さんで書いてもらった文にはなんて書いてあったのかしら」

佐和が呟いた。

「ひとつの文には、料理屋さんで働いているとありました」

博江は、玉代が見せた文の内容を覚えていた。

「料理屋さんにいると、美味《おい》しい物を沢山食べられて幸せ。お店には芝居の役者も来るんだと書いてありました。いつか、綺麗な着物を着て芝居小屋にいくんだよって。

——二つ目の文では、小間物屋で働いていると言ってました。そこには簪《かんざし》や櫛《くし》、色とりどりの半襟があって、若い娘さんが楽しそうに選ぶのだと姉さんに呼びかけていました。藪入《やぶい》りの時は、わたしも簪を挿して家に帰るつもりだと。——三つ目の文には、字を習っているとありました。小間物屋の近くに手習いの師匠が居るのだけど昼間は通えないので、朝早く起きて、四半刻《しはんとき》（約三十分）ばかり習っている。いつか字が書けるようになったら、毎日でも便りを書くわね、おっ母さんって——」

話し終わると、博江が両手で顔を覆った。

六平太も佐和も、音吉までが声を失っていた。

「あの子は、嘘の文を書いてもらうことで気持ちを奮い立たせていたのです。どこにも送る当てのない文を作って——、そんな子が、三両で買われて来たなんて」

最後は言葉にならず、博江は声を出して泣いた。

ぞくりとする底冷えを感じて、六平太は布団の中で目覚めた。

部屋の中は薄暗いが、雨戸の隙間《すきま》を通った光の線が障子に映っていた。

六平太は丹前《たんぜん》を羽織って起き出すと、雨戸を開けた。

浅草元鳥越の空が鉛色の雲に覆われていた。

「雨は大丈夫そうだな」

大工の留吉の声がした。

「それじゃ稼ぎに出掛けますか」

大道芸人の熊八の声もした。

「いま、なん時だ」

六平太が、見えない二人に声を掛けると、

「お、秋月さんか。六つ半（七時頃）てとこだよ」

留吉が教えてくれた。

昨夜も怪しい雲行きだったが、幸い雨にはならなかった。

六平太は昨日、木場の材木商『飛驒屋』の宴席に呼ばれた。

商売の神様と言われる恵比寿《えびす》様を商家は大事にして、毎年十月二十日の恵比寿講では友人知人を招いて宴席を設けるところがあった。

昨夜したたかに酔った六平太は、木場から元鳥越の道のりをふらふらしながら帰って来たのだ。

ぐっすり寝たせいで今朝の目覚めはよかった。

着替えを済ませると、階下に下りて火を熾した。

朝餉は、宴席に出た料理を折詰にして持ち帰ったので心配はなかった。

朝餉を済ませてのんびりと茶を飲んでいた六平太は、あやうく湯吞を落としそうになった。

「市兵衛《いちべえ》さん」

戸口に、市兵衛が立っていた。

「お金の催促じゃありませんよ」

にやりと笑うと、市兵衛は土間の框に腰掛けた。

店賃《たなちん》は大家の孫七《まごしち》に納めることになっていたし、月末の、市兵衛への借金の返済には間があった。

市兵衛がわざわざ訪ねて来ることは珍しく、六平太は慌てふためいてしまった。

「茶でも」

六平太がいそいそと土瓶に湯を注いだ。

「昨日ですが、『斉賀屋』さんに奉公してる博江さんがうちに見えましてね、五両（約五十万円）ばかり借りられないかと言うんですよ」

市兵衛の口ぶりは穏やかだった。

「『斉賀屋』さんでも評判の働き手と聞いていましたから、貸せなくはありません。ですが、五両は大金です」

六平太が市兵衛の前に湯呑を置いた。

「何に入り用かと聞いても、言葉を濁しましてね。わたしとしても、どうしようかと思案していたら、すみませんと、頭を下げて帰って行きましてて」

市兵衛がため息をついた。

「博江さんが金を借りに来たことを、わたしは『斉賀屋』の梶兵衛さんに言うつもりは毛頭ありません。ただ、秋月さんに何か心当たりがないかと、こうして」

湯呑に手を伸ばした市兵衛が、ふうと、息を吐いた。


市兵衛が帰るとすぐ市兵衛店を出た六平太は、表通りを避けて元旅籠町《もとはたごちょう》へと急いだ。

博江が五両を借りようとしたわけに少し心当たりがあった。

六平太が代書屋『斉賀屋』に入ると、板張りの文机で書きものをする博江の姿しかなかった。

「梶兵衛さんは」

「証文を届けに、新寺町《しんてらまち》の方に」

「博江さんに話があって来たんだが、ここでいいかね」

筆を置いた博江は小さく頷いた。

六平太が市兵衛から聞いた一件を打ち明けると、

「玉代というあの子を、三両で請け出せるのかと『津雲屋』の女将の所へ聞きに行きました」

博江が大きく息を吐いた。

六平太と博江が、玉代と会った翌日のことだった。

だが、『津雲屋』の女将は、三両に利子が付いて、請け出す額は五両だと言った。

玉代を借金の縛りから解いてやりたい一心で、博江は市兵衛に金を借りに行ったのだと打ち明けた。

「それは、なんとかします」

六平太が思わず口にした。

「でも」

博江が眼を見開いた。

「なんとか」

ぼそりと呟くと、六平太は『斉賀屋』を飛び出した。

なんとかと、口にしたものの、六平太に当てなどなかった。

道々、六平太は何度もため息をついた。

人の一途な思いを目の当たりにすると、つい肩入れをしてしまう癖が出てしまった。

六平太は、鳥越橋の近くでふと足を止めた。

橋の先にある福井町《ふくいちょう》の市兵衛の家を訪ねて、五両を借りる手もあった。

だが、この上借金を増やすことはさすがにつらい。

心を鬼にして、六平太は元鳥越へと足を向けた。

昨日の曇り空が嘘のように、朝から空は晴れ渡っていた。

朝餉の後、洗った下帯や足袋を物干しに干した。

「秋月さん」

路地に立ったお常が物干しを見上げていた。

「朝から洗濯なんかして感心だから、お茶をご馳走《ちそう》するよ。手が空いたらお出でよ」

「ありがとよ」

六平太が答えた。

家の用事は四つ半（十一時頃）には全《すべ》て終わった。

お常の家に行って、お茶を片手に漬け物を口に入れていると、よく見る顔が路地を通り過ぎた。

「おい、金時」

框から腰を浮かせた六平太が声を掛けた。

外から顔を突き出したのは、居酒屋『金時』のお運び女だった。

「なにしてんだよ」

「秋月さんに届けてくれって、女の人に頼まれたもんだから」

お運び女が、赤い端切れと書付を一枚、六平太に差し出した。

赤い端切れに見覚えがあった。

「ありがとよ。今度店に行ったら、尻を撫《な》でてやるよ」

「撫でられたくなんかねぇや」

ははは っと笑って、お運び女が路地から急ぎ去って行った。

「お常さんご馳走さん」

六平太が腰を上げると、

「女からの付け文とは隅におけないねぇ」

お常が眼を光らせた。

「ちょいと、曰《いわ》くのある女でね」

お常をにやりと見て、六平太は路地に出た。

『九つ（十二時頃）に新堀《しんぼり》、心月院《しんげついん》で。俊』

書付にはそう記されていた。

九つまで、あと半刻《はんとき》（約一時間）ばかりだった。

「おや、恋文ですか」

六平太の向かいに住んでいる三治が、扇子を手にして家から出て来た。

「仕事か」

「へへへ、御贔屓《ごひいき》からお座敷が掛かりまして、久しぶりに日本橋の料亭へ」

家に入りかけた六平太が、足を止めた。

「ちょっと待て」

「なんざんしょ」

行きかけた三治が、芝居じみた動きで振り向いた。

「日本橋は急ぎか？」

「お座敷は七つ（四時頃）からですが、堺町《さかいちょう》の芝居小屋に顔を出して中村座の旦那《だんな》に挨拶《あいさつ》をしようかと」

「その前におれの用事を頼まれてくれねぇか」

六平太が気負い込んだ。

「おめぇも何度か顔を合わせたことのある北町の同心、矢島新九郎は知ってるな」

「えぇ」

「おれの言伝《ことづて》を矢島殿に伝えてもらいたいんだよ」

「なんて」

「九つにお俊と会うことになった。成り行き次第では、下谷の正燈寺あたりに行くことになる。と、それだけだ」

「承知しました」

三治が頷いた。

新堀の心月院なら、元鳥越から大した道のりではなかった。

ただ、お俊に会うということを新九郎に知らせに行く時間の余裕がなかった。

四

腹ごしらえにうどんを食べた六平太は、元鳥越の居酒屋『金時』を出ると浅草御蔵の方へと足を向けた。

新堀に架かる幽霊橋《ゆうれいばし》を渡り、堀の東側の道を浅草方面に向かった。

時の鐘が九つを打ち始めた時、心月院の山門を潜《くぐ》った。

「頼んだものが届いたんですね」

山門の近くに立っていたお俊が、色っぽい身のこなしで腰を折った。

「お留守じゃなくてよかった」

安堵《あんど》したようにふふと笑ったお俊が、大きく息を吸った。

「用は何かな」

六平太が、素っ気ない声を出した。

「いろいろと考えましてね。いえ、五郎兵衛が秋月様に言ったっていう紅葉の名所の話ですよ」

「それが？」

「打ち首になる五郎兵衛が、最後の最後に、どうして秋月様に紅葉の話をしたのか、だんだん気になって来たんですよ」

六平太は以前から気になっていたが、そのことは黙っていた。

「それで、境内から寛永寺の大屋根が見えるっていう荒れ寺が本当にあるのかどうか、確かめてみたくなりましてね」

「どうしておれに頼む。雲太郎《くもたろう》と二人で行けばいいだろう」

お俊の顔に戸惑いが走った。が、すぐに、

「なんのことでしょう」

素っとぼけたお俊が、はははと声を上げて笑った。

「付添い屋っていう商売柄、あちらこちら歩き回って、あの辺りにもお詳しいようですから、秋月様に案内に立って頂こうかと」

お俊の申し出は渡りに船だった。

「付添い料が出るのかね」

「相場は、おいくらで？」

「半日なら、一朱（約六千二百五十円）ってとこだが」

「お出ししますよ」

お俊が微笑んだ。

六平太は、わざと仕方なさそうな顔で引き受けた。


六平太とお俊は、半刻もしないうちに入谷田圃に着いた。

正燈寺周辺は相変わらず紅葉見物の人たちで混んでいた。

あと一刻半（約三時間）もすれば冬の日が西に落ちて、人の波も引くはずだ。

「荒れ寺って、五郎兵衛は言ったんですね」

お俊が口を開いた。

下谷に来る道々、五郎兵衛が六平太に話した内容をお俊に話した。

以来、口数の減ったお俊は思案に暮れていた。

「正燈寺の紅葉に負けないほど、黄金色に輝くって、そうも言ったんですね」

立ち止まったお俊が、遠く近く点在する寺々を見回した。

「荒れ寺っていうのは、どのあたりに」

「二、三あるようだが、おれは行ったことはねぇよ」

六平太はそう言ったが、目星はつけてあった。

『飛驒屋』の母娘の紅葉見物の付添いをした日、昼餉を摂った料理屋の女将から、荒れ寺のある場所は聞き出していた。

手始めに、六平太は入谷の鬼子母神近くの廃寺にお俊を案内した。

小さな門の瓦はすべて落ち、柱だけが残っていた。

土塀は崩れ、境内には冬枯れの雑草が生い茂っていた。

この場所からは、寛永寺はおろか、東叡山の木立すら見えなかった。

次に行った荒れ寺は、下谷金杉町の田圃の傍にあった。

そこからは、町屋の屋根が邪魔をして東叡山は望めなかった。

日が大分西に傾いた頃、六平太はお俊とともに下谷龍泉寺町《りゅうせんじまち》に向かった。

正燈寺の北、吉原遊郭の西側である。

三つ目の寺も既に山号は無く、何年もの間風雪に晒《さら》された様は、一つ目の荒れ寺と変わりがなかった。

境内の縁に沿って聳《そび》え立つ杉や欅《けやき》の高木が、見通しを悪くしていた。

かたかたと板の触れあう音が、荒れた本堂の裏手からした。

「あんたはここに」

お俊に言い置くと、六平太が足音を消して本堂の裏手に回った。

屋根と柱と僅《わず》かな壁だけが残って判然としないが、元は庫裏《くり》だった建物の裏庭のようだ。

壊れた庇《ひさし》の下に、襤褸《ぼろ》を重ね着にしたぼさぼさ頭の男の背中があった。

「おい」

六平太の声に、驚いて振り返った男が、手にしていたお碗《わん》を水甕《みずがめ》に落とした。

「ここに住んでるのか」

男が、怯《おび》えたように頷いた。

「ここから、寛永寺は見えないんだろうな」

「井戸の上に立てば見える」

男が、ぼそりと口を開いた。

六平太は、古い板で蓋《ふた》をされた井戸の縁に上った。

「あっち」

男が、西日が傾いた方を指さした。

「去年、ここで死んだ野郎が、二年前の野分《のわき》で木が二、三本折れて、それで見通せるようになったと言ってたぜ」

六平太が、木立の間から見通せる寛永寺の大屋根を見詰めた。

五郎兵衛が口にした光景があった。

「けどおめぇ、井戸があるってのに水甕の水を飲むのか」

「ここに来た時から井戸は涸《か》れてたからよ、甕に雨水を溜《た》めてるのさ」

男が、甕に落ちたお碗を拾い上げた。

井戸の縁から飛び降りた六平太が、覆っていた蓋を外して奥を覗きこんだ。

「な、空だろ」

男が六平太の傍に寄って来て、小石を落とした。

暗い井戸の底から、コンと乾いた音がした。落として間も無く音がしたところをみると、深くはなさそうだ。

「秋月さん、何してるんですよぉ」

本堂の陰から現れたお俊が、

「どこか他を当たるしかありませんよ」

「いや。この井戸の中を確かめるよ」

「え」

お俊が、首を傾げた。

「梯子《はしご》なら、あるよ」

辛うじて屋根の残った庫裏の中に入った男が、竹の梯子を持って来た。

六平太が受け取って井戸の中に立て掛けると、井戸の口から二尺（約六十センチ）ばかりの所で足が掛けられそうである。

「これを頼む」

大刀と脇差《わきざし》を抜いて男に手渡すと、六平太が井戸の中に下りた。

見下ろした時は暗かったが、井戸の底に下りると案外光は届いていた。乾いた土の底に、菰《こも》に包まれた箱のようなものがあった。抱えると、ずしりとした重みがあった。

六平太は菰包みを肩に乗せて、ゆっくりと梯子を上がった。

梯子の一番上に立った六平太は、井戸の縁に菰包みを乗せた。

井戸から這い出た六平太が、ぎくりと立ちすくんだ。

腹を押さえて唸っている男が地面に倒れ込んでいた。その近くに、お俊と並んで立っている町人髷《まげ》の男がいた。

六平太の大刀と脇差を手に薄笑いを浮かべている男の顔を、以前どこかで見た覚えがあった。

「お前が雲太郎だな」

「おれの名を御存じだぜ、お俊」

「大川端で重吉《しげきち》どもが口にしたからね」

お俊が、ふふと鼻で笑った。

以前、柳橋《やなぎばし》の暗がりから出てきた男と、雲太郎は似ていた。

「秋月さんとやら、井戸から離れてもらいます」

脇差を地面に放《ほう》り投げた雲太郎が、大刀を引き抜いて六平太に向けた。

六平太が井戸から離れると、雲太郎とお俊が井戸に近づいた。

「お俊、それがお頭の隠し金だぜ」

お俊が菰の包みに眼を遣った。

「秋月さん、案内してもらってすまなかったね」

井戸の縁に乗せてある菰包みを、お俊が抱え上げた。

だが、重さに堪え切れず手を放した。

ゴンと、菰包みが地面に落ちた。

中の木箱が弾《はじ》けて割れ、小判がジャラリと辺りに散った。

「馬鹿っ」

雲太郎が小判に気を取られた刹那《せつな》、六平太が跳んで、落ちていた脇差を摑んだ。

「金のところに案内した褒美《ほうび》に、分け前をくれ」

脇差を引き抜いた。

「ふざけるなっ」

眼を吊りあげた雲太郎が、六平太に大刀を向けた。

「おれは、脇差も大刀も同じように扱えるんだぜ」

六平太が凄《すご》んでみせた。

「いいじゃないか雲太郎、少しくらい渡してやんなよ」

「金はおれのもんだ。誰がやるか」

「だけどさ」

「うるせぇ！」

いきなり左腕を首に回した雲太郎が、お俊の顔に大刀の刃を近づけた。

「とっとと消えやがれ。じゃねぇと、この女を殺すぞ」

雲太郎が声を低くして六平太を睨《にら》んだ。

「いくら他人でも、知った女が死ねば、あんたも寝ざめが悪いだろう」

六平太は、黙ったまま間合いを測っていた。

「雲太郎、お前」

お俊が呻き声を上げた。

「年増女におれが本気で惚《ほ》れたとでも思ってたのかよ。ただただ、お頭の金が欲しかったただけだよ」

「ちきしょう！」

咄嗟《とっさ》に簪を引き抜いたお俊が、雲太郎の右腕を刺した。

首に回っていた腕が緩んだ隙に、お俊が駆けだした。

「てめぇ！」

お俊の背中に雲太郎が大刀を振り下ろした。

「あっ！」

お俊が前のめりに倒れた瞬時、地面を蹴った六平太が雲太郎の右腕に脇差を振り下ろした。

ギエッ！

雲太郎の腕の先から、大刀を握ったままの手首が飛んで地面に落ちた。

雲太郎が、呻きながら地面をのたうち回った。

「許さねぇ」

お俊は浅傷《あさで》のようで、ふらふら立ち上がると、散った小判の上でもがく雲太郎の首筋に簪を突き立てた。

雲太郎の身体の傍で、西日を受けた小判がきらりと輝いた。

五

茶を注いだ六平太が、長火鉢の向かいに座った矢島新九郎の前に湯呑を置いた。

「いただきます」

「ん」

答えた六平太の声はため息に近かった。

下谷の荒れ寺で隠し金が見つかってから二日が経っていた。

元鳥越、寿松院《じゅしょういん》の鐘が四つを知らせてすぐ、新九郎はその後の経過を知らせにやって来たのだ。

雲太郎がお俊に刺された後、六平太は荒れ寺に住んでいた男を番屋に走らせた。

戻って来た男は、正燈寺近くを駆けまわっていたという新九郎を伴なっていた。

新九郎が駆けつけた時、雲太郎に息は無かった。

「捕えたお俊は、怪我《けが》が治ったらおそらく遠島でしょう」

茶を飲んだ新九郎が、

「さっきからため息をついてますね」

「そうか」

六平太が、ずずっと音を立てて茶を啜《すす》った。

「なにか、考え事ですか」

「いや。ちょっとね」

六平太の頭を離れないのは、見つけた金のことだ。

「五郎兵衛の隠し金は、四百二十両（約四千二百万円）ばかりありました」

来る早々、新九郎が口にしていた。

「あれかね」

「え」

新九郎が六平太を見た。

「五郎兵衛がおれに下谷の荒れ寺のことを言い残したのは、金の在りかを教えたということかねぇ」

六平太が新九郎を窺った。

「案外そういうことかもしれませんよ」

新九郎は真顔だった。

「しかし、どうしておれに」

六平太に思い当たる節はなかった。

打ち首になる時どんな顔をするのか見てみたいと、むしろ五郎兵衛の傷口に塩をなすりつけるようなことを口にした。

「裏切りに気付いた五郎兵衛が、お俊と雲太郎にだけは金をやるまいと、真っ正直なことを口にした秋月さんに託すつもりになったのかも知れません」

「ということは」

気負いこんで言いかけた六平太が、後の言葉を飲んだ。

出てきた四百二十両は、見つけた六平太のものではないのか。

とすれば、全部とは言わないが、少なくとも半分くらいは、六平太がもらってもいいのではないか。

それを言い出すのが浅ましく思えて、六平太は思いとどまった。

「見つかった金は、誰のものになるんだい」

六平太が、さり気なく聞いた。

「それは公儀のものになります」

新九郎は、あっさりと言いきった。

「礼金などというものは、出ないのかね」

「あぁ」

六平太を見た新九郎が、軽く唸って腕を組んだ。

「一応、上にお伺いを立てますが、期待に添えないこともありますので」

新九郎は、気の毒そうに声を低めた。

はぁと、六平太の口から深いため息が出た。

新九郎が荒れ寺に現れる前、六平太はいくらか懐に入れようかという誘惑にかられた。

そうしなかったことが、悔やまれる。

迷わず十両ばかり掠《かす》め取っておけばよかった。

市兵衛店を出た六平太は、北町奉行所に戻るという新九郎と鳥越明神の前で別れ、福井町の市兵衛の家を目指した。

博江に金は何とかすると言ったが、なんともならなかった。

「何も聞かず、五両、貸してもらいたい」

家の玄関に入るなり、六平太は市兵衛に頭を下げた。

黙ったまま奥に去った市兵衛が、帳面と算盤《そろばん》を持って戻って来た。

三和土《たたき》に突っ立っていた六平太に、市兵衛は五両を差し出した。

「すまん」

「なんの」

座った市兵衛が帳面を開くと、

「十月二十四日、秋月様に五両の貸し」

呟きながら、無表情で帳面に書き入れた。

六両ほどに減っていた借金が、十一両を越えてしまった。

「じゃ、おれはこれで」

玄関の敷居を跨《また》いだ六平太の足が重くなっていた。

市兵衛の家を出た六平太は、浅草寺脇の馬道を抜けて元吉町へと向かった。

博江とともに訪ねた時には気付かなかったが、水茶屋『津雲屋』の女将の家の黒塀から伸びた柿の枝には色鮮やかな実がついていた。熟して枝を離れた実がいくつか道に落ちて、無残な姿を晒《さら》していた。

「女将さんは居なさるかい」

格子戸を入った六平太は、返事も聞かず玄関の戸を開けた。

眼の前の障子が開くと、女将と団栗眼の情夫が上がり口に立った。

「玉代って娘を引き取りたい」

六平太が、五両を上がり口に置いた。

「あの娘の請け代は十両だよ」

女将の物言いが冷ややかだった。

「三両で請け出したいとここに来た女には、五両と言ったはずだが」

「浪人さんよ、日が経てば利子ってもんが付くんだよ」

団栗眼が声にどすを利かせた。

「そうそう。それにあの子には、着物代、下駄代、布団代、飯代、風呂代と、何かと掛かってるんですから」

女将が薄笑いを浮かべた。

六平太からため息が出た。

「金がねぇなら出直して来るんだな」

団栗眼の言葉に、女将がうんうんと相槌《あいづち》を打った。

「こんなことは、虎《とら》の威を借りるようで、口にしたくないんだが。浅草の火消し十番組、『ち』組の纏持《まといも》ちの音吉とは親戚《しんせき》でね。これ以上つべこべ抜かすなら、浅草寺さんの敷地の中じゃ水茶屋も出せなくなるかもしれねぇよ」

女将と情夫の顔がさっと変わった。

「浅草寺さんや浅草の火消しを敵に回せばどうなるか、知らないお前さん方じゃあるめぇ」

「おい、おせん、なにぼんやりしてやがる。玉代を早くこちらにお渡ししろっ」

情夫にどやされて、女将が弾かれたようにばたばたと奥へ駆けて行った。

玉代の持ち物は小さな風呂敷包ひとつだった。

元吉町の女将の家を出た時から、玉代はただ黙って六平太の後ろに付いて来た。

藍色《あいいろ》に黒の棒縞《ぼうじま》の着物はかなり着古されていた。

柿生から売られて来た時分からのものかもしれない。

「もう何も心配することはない」

六平太が声を掛けても、なんの返事もなかった。

孤児になって以来、周りの大人に翻弄されて生きた玉代には、六平太の言葉さえ俄《にわか》には信じられないのだろう。

右手から西日を浴びた二人は元旅籠町に差し掛かっていた。

「博江さんを呼んでくれないか」

六平太が、『斉賀屋』の表を掃いていた小女に声を掛けた。

「博江さんは、たったいま帰って行きましたけど」

「じゃ、家に行ってみるよ」

小女に手を上げた六平太が、「付いておいで」というように、玉代を振り返った。

鳥越橋の手前を右に折れた六平太は、玉代を引き連れて福富町《ふくとみちょう》の伝助店《でんすけだな》へと入って行った。

博江の家の開いた戸口から煙が流れ出ていた。

「秋月ですが」

声を掛けると、土間に立っていた博江が顔を出した。

「あ」

六平太の後ろに立っていた玉代を見て、博江が息を飲んだ。

「どうして」

「請け出して来ました」

「でも、お金は――」

「何とかすると、言ったでしょう」

「とにかく、中に」

六平太は玉代を促して、家に上がった。

博江は、火を熾していた七輪に鉄瓶を掛けると、二人の前に座った。

「よかった」

玉代を見て、博江がしみじみと口にした。

「この子を請け出したはいいが、肝心なのはこの先のことだ」

「なんなら、わたしがここで」

「博江さん」

六平太が、博江の言葉を抑えた。

「一時の情に流されちゃいけませんよ。この先、独り立ち出来る手立てを算段してやるのが、この子のためだと思いますがね」

「そう、ですね」

博江が、大きく頷いた。

「縫物とか煮炊きとか、これまで覚えた仕事はあるのかい」

首を横に振った玉代が、

「水茶屋では、掃除と湯沸かしくらいしか」

か細い声で言った。

「これから先、これをしたいあれをしてみたいというようなものはあるのかい」

六平太が聞くと、玉代は、困ったように首を傾げた。

「奉公先だな。雇ってもいいと言ってくれる所さえ見つかれば、一人でだって生きていけるようになる」

「どこかに、そのような所がありましょうか」

博江が、縋《すが》るように六平太を見た。

「後の事は、わたしも考えます」

六平太の口を衝いてそんな言葉が出たが、当てがあったわけではない。

博江に見つめられて、六平太は小さく作り笑いを浮かべた。


玉代を博江に預けてから三日が経った昼下がりである。

市兵衛店を出た六平太は、鳥越明神の銀杏《いちょう》の葉が舞い落ちる小路《こうじ》から表通りに出た。

道を渡りかけた六平太が、ふと足を止めた。

三味線堀《しゃみせんぼり》の方からやって来た人影も足を止めた。

「兄ィ！」

思い詰めた顔の菊次《きくじ》だった。

「おれに用か」

菊次が大きく頷いた。

「おめぇ、『吾作《ごさく》』はどうした」

「それどころじゃねぇんですよ」

菊次は絞り出すような声で言った。

「誰も姿を見た者はいねぇんだけど、どうも、おりき姐《ねえ》さんが音羽《おとわ》に来た気配があるんだよ」

思いがけないことに、六平太には返す言葉も見つからなかった。

「詳しいことは音羽に行けば聞けるけど、これからおれと一緒に来てもらえませんか」

「それが、口入れ屋に呼ばれて神田に行くところだ」

「その用事が済んだら、今日にでも」

菊次の声は焦《じ》れていた。

「いついつとは言えねぇが、こっちの用が片付いたら音羽に顔を出すよ」

「待ってます」

菊次が一礼して踵《きびす》を返した。

後ろ髪を引かれる思いもしたが、六平太は神田に向けて甚内橋《じんないばし》を渡った。

日の出前の道に靄《もや》が這っていた。

仕事に向かう出職《でしょく》の者の姿がちらほら見掛けられた。

六平太は、伝助店に博江と玉代を迎えに行くと、神田へ向かっていた。

「わたしの住まいを書いた紙は持ったわね」

六平太の背中で博江の声がした。

「はい」

玉代がすぐに返事をした。

「何か困ったことがあったら、知らせるのよ」

「はい」

請け出した日から、玉代は博江の家で寝泊まりをしていた。

五日の間に、博江と玉代は打ち解けていた。

「この着物は」

六平太が博江を振り向いた。

着ている黄八丈《きはちじょう》が、玉代の年頃に合っていた。

「浅草の『山重《やましげ》』さんに行って、選びました」

『山重』は佐和が仕立て直しを請け負っている古着商である。

佐和の口利きで、博江も『山重』から買い求めるようになっていた。

「川崎も武州だというと、柿生は近いのですか」

玉代が博江に尋ねた。

柿生は玉代の生まれ在所だった。

「さぁ。あの秋月様」

「そうだな。江戸に出るよりは近いはずだ」

前を見たまま六平太が答えた。

「ここだ」

六平太が、神田岩本町の口入れ屋『もみじ庵《あん》』の戸を開けて、博江と玉代を先に入れた。

「来ましたね」

帳場に座っていた親父《おやじ》の忠七《ちゆうしち》が笑みを浮かべた。

「秋月さん、こちらが川崎宿の『相模屋《さがみや》』の番頭で、綱次郎《つなじろう》さんです。ゆんべこの近くに泊まって、早々とお待ちになってたんですよ」

「綱次郎と申します」

帳場近くの框に腰掛けていた手甲、脚絆《きやはん》の男が、湯呑を置いて改まった。

六平太は、玉代を請け出した日、奉公先の相談を忠七に持ちかけると、

「川崎の旅籠《はたご》で住み込みの女中を欲しがっています」

三日後には知らせがあった。

相手は、玉代のこれまでを承知したうえで雇いたいと言って来たのだった。

「これが玉代でして」

六平太が指すと、玉代は綱次郎に頭を下げた。

「この子をどうかよろしくお願いします」

博江が、綱次郎に深々と頭を下げた。

「ご新造《しんぞ》さん、御心配には及びませんよ。こちらが妙なことをしたら『もみじ庵』さんからは、今後一切人を雇えなくなりますからね」

綱次郎が真顔で言った。

「綱次郎さん、秋月さんは独り身だよ」

「え、じゃ、こちらはええと」

綱次郎がうろたえた。

戸惑った博江が顔を俯けた。

「玉代の姉だと思ってくれよ」

六平太が笑って言うと、

「なるほど」

綱次郎が頷いた。

「そろそろ発《た》ちましょうか」

綱次郎が玉代に声を掛けた。

「わたし、折を見て、川崎の方に顔を出すわね」

表に出ると、博江が玉代に声を掛けた。

玉代が、嬉《うれ》しそうに微笑んだ。

そして、六平太を向いた玉代が、ゆっくりと頭を下げた。

「達者でな」

「はい」

はきはきと返事をした玉代が、歩き出した綱次郎の後ろに続いた。

玉代の姿が角を曲がって消えた。

「親父、世話になったな」

「なんの」

忠七が微笑んだ。

歩き出した六平太のすぐ後ろから博江が続いた。

道々、博江はしきりと玉代の身請けの金のことを気にした。

「少しずつでもお返ししたいと思います」

「どうか、気になさらず」

「でも」

「玉代を請け出そうと思ったのは、博江さん一人じゃありませんから」

立ち止まった六平太が、自分の顔を指さして笑みを見せた。

博江が、小さく頭を下げた。

「わたしは一度伝助店に戻りますが、秋月様、朝餉はどうなさいます」

「昨夜の残り物がありますから、それで」

「あぁ」

呟いた博江が、歩き出した六平太の後ろに続いた。

行く手の神田川に架かる新《あたら》シ橋《ばし》の辺りが、朝日に染まりはじめていた。

付添い屋・六平太
龍の巻　留め女

金子成人

横暴な武家や女子供を食い物にする輩は、俺が許さない——。立身流兵法が一閃、江戸の悪を斬る。ドラマ『鬼平犯科帳』『剣客商売』『水戸黄門』『御家人斬九郎』を手がけた伝説的脚本家が贈る日本一の王道時代劇、シリーズ第一弾！

――本書のプロフィール――

本書は、小学館文庫のために書き下ろされた作品です。

小学館文庫

付添《つきそ》い屋《や》・六平太《ろっぺいた》
獏《ばく》の巻《まき》　嘘《うそ》つき女《おんな》

著者　金子成人《かねこなりと》

二〇一六年十一月十三日　初版第一刷発行

発行人　菅原朝也
発行所　株式会社　小学館
〒一〇一－八〇〇一
東京都千代田区一ツ橋二－三－一
電話　編集〇三－三二三〇－五九五九
販売〇三－五二八一－三五五五
印刷所――中央精版印刷株式会社

この文庫の詳しい内容はインターネットで24時間ご覧になれます。
小学館公式ホームページ　http://www.shogakukan.co.jp

ISBN978-4-09-406354-7